JN179918

集英社オレンジ文庫

小説

ダメな私に恋してください

木崎菜菜恵

原作／中原アヤ

本書は書き下ろしです。

小説

ダメな私に恋してください

damena watashi ni koishite kudasai

【1】

——命がけで恋をつかもうとしたら、本当に命を失いそうな状況に陥《おちい》った……。
そんなことがあるわけない、と普通の人は笑うだろう。
大げさだと呆《あき》れるかもしれない。
それでも二十九歳、柴田《しばた》ミチコ。
勤めていた会社は半年前に倒産。
家に帰れば冷蔵庫の中にはキャベツと醤油《しょうゆ》のみ。
財布の中身は十五円で、預金通帳の残金も五百円ばかり。
おまけに失業保険は二ヶ月前に切れ、新しい職は決まらないという体《てい》たらくだ。
初夏に差し掛かる六月某日、死へのカウントダウンが聞こえてきた。

——時をさかのぼること、六日前。
ミチコはデパート内のブランドショップにいた。

「こちら、プレゼントでよろしいですか？」

女性店員がにこやかに笑いかけてくる。

目の前のカウンターには高級な本革の長財布が一つ。

四万五千円、と印字された値札がかかっている。

「はい、プレゼントで」

声が震えそうになるのをこらえ、ミチコは笑顔でうなずいた。肩まで伸びた髪が、心なしか艶《つや》を失った気がする。

「お支払いはいかがいたしましょう？」

「カードで」

「お支払回数は？」

「三……いや、五……いや」

目が泳ぐ。

「十回払いでお願いします！」

迷いを断ち切るように、ミチコはクレジットカードを取り出した。頭の中で、理性という名の自分自身が絶叫していたが、それを無理やり抑《おさ》えこむ。

失業中で貯金もないという現状を忘れたわけではない。

だが、それでも……。


買い物後、ミチコは足早に駅に向かった。

日曜日の昼間ということもあり、駅前は人であふれている。

梅雨時《つゆどき》だがやっと雨が上がったこともあり、皆、楽しそうだ。

（いた！）

広場をきょろきょろと見回し、ミチコは目を輝かせた。

街路樹のそばに、愛くるしい顔立ちのイケメンが立っている。二十歳《はたち》前後で、今どきのカジュアルファッションに身を包んで。

「ミチコさん！」

ミチコが駆け寄ると、イケメンも嬉《うれ》しそうに微笑《ほほえ》んだ。

「ごめんね、純太《じゅんた》くん。待った？」

「ううん、今来たとこ」

にこやかに、純太がミチコを迎える。

会いたかった。この前会ったのはいつだっただろう。

（確か二週間くらい前だっけ）

その時にミチコがあげた白いドット柄《がら》のスニーカーを、純太は今日、履《は》いてきていた。

……スニーカーにロックなTシャツ、高級時計におしゃれなニット帽。

ミチコが純太にあげたものはまだまだある。その都度の出費は痛いが、純太が喜んで使ってくれるなら、ミチコも嬉しい。

「それじゃ、行こうか、純太くん。まずはお茶する？」

「うん！」

二人は連れ立って、駅近くのファミリーレストランに入った。

「ミチコさん、それなに？」

席に案内されるなり、ミチコの正面に座った純太が不思議そうな顔をする。ミチコが持っている、ブランドロゴの入った紙袋が気になったのだろう。

ミチコは照れ笑いをしつつ、純太に紙袋を差し出した。

「へへっ、ビッグサプライズ。開けてみて」

「わーすげー！　かっけーっ！」

包装紙をビリビリに破いた純太が財布を見つけて、目を輝かせる。

「前に会った時に純太くん、お財布壊れたって言ってたでしょ？　だから」

「ほんとにもらっていーの？　誕生日でもないのに……」

「気にしないで。私があげたかっただけだから」

デキる女を装い、軽く言う。

あえて財布の値段を告げたりはしないが、純太もブランドロゴから大体の値段を察したのだろう。見る見るうちに嬉しそうな顔になり、彼は財布をぎゅっと握りしめた。

「マジで？　うれしー。ありがと！」

これだ。この笑顔が見たかった。

つらい状況の今、彼の笑顔だけがミチコの癒《いや》し……。

彼がいるから、自分はまだ頑張れる。

（やっと一社、書類選考は通ったし）

前の会社が倒産してからの半年間、求人募集している会社に履歴書を送り続け、やっと一社、面接してもらえることになっていた。

面接は明日の月曜日。

ここで純太から元気をもらって面接に挑《いど》めば、今度こそきっと受かるだろう。

「あ、この肉、おいしそー」

その時、純太がファミレスのメニュー表をめくって呟《つぶや》いた。

食べたいけど金がない……。そう思っているのが分かった瞬間、ミチコは考えるより先に口を開いていた。

「食べなよ。私がおごったげる」

「じゃあ、このステーキ、Cセットで！」

純太は少しも迷わない。

国産牛リブロースステーキ、単品で二千百円。セットにすると、プラス千五百円だ。

(肉、たけぇ……！)

目が飛び出るかと思った。

意識も一瞬遠くなる。

「ミチコさんはなに食べんの？」

「わ、私はおなかすいてないからいいよー」

「そーなんだ。すみませーん、注文イイですかー？」

純太は気にすることなく、手をあげて店員を呼んだ。

彼を眺めつつ、ミチコはグラスの飲み物を必死で啜《すす》る。飲み放題のドリンクで、なんとか腹《ふく》を膨らませなければ。

(職……早く見つけないと)

今日だけで、ブランド財布と今のステーキセットをあわせ、約五万円近く使ってしまった。

　貯金はない。

　日頃の支払いはクレジットカードでしのいでいるが、これが本当の意味で「しのげて」いないことはミチコが一番よくわかっている。

　クレジットカードの限度額はいくらだっただろう。そろそろ上限に差し掛かっているのは間違いない。

（肉……）

　少しして、純太の前にステーキが運ばれてきた。

　分厚い肉の塊《かたまり》が鉄板の上でじゅうじゅうと音を立てている。勢いよくソースが跳《は》ねていて、ミチコのほうまで香ばしい香りが漂ってきた。

　見た目も、音も、匂《にお》いも完璧《かんぺき》。

「ひとくちいる？」

「ううん、いいよー」

　遠慮なくステーキを食べる純太をつい凝視《ぎょうし》していたらしい。にっこり笑って断ったが、頭の中は肉のことでいっぱいだ。

　ここ数日、キャベツしか食べていない。

(肉……肉が食べたい)

もうそれしか考えられない。

＊　＊　＊

翌日の月曜日、ミチコはとぼとぼと近所を歩いていた。

空はどんよりと曇《くも》っていて、今にも雨が降り出しそう。

(ああ……もう……)

一時間ほど前のことを思い出す。

この日は求人募集のあった会社の面接だった。ここで落ちてなるものかと、その会社の企業理念や業務内容を調べ、気合を入れて面接に臨《のぞ》んだのに、

『柴田ミチコさん、二十九歳』

五十代の面接官が面接会場で、ミチコの履歴書に目を落とした。

『……はい』

『短大卒』

『………はい』

『なにか資格は』

『…………持っていません』

『二十九歳』

『……………………はい』

話題がループする。

ループして、ループして……結局なんのアピールもできないまま、ほんの二十分ほどで面接は終了した。

(あー、また不採用かな〜。資格くらい取っとけばよかったな〜)

帰り道、ミチコはため息をつきつつ歩いた。

着慣れないスーツは鎧《よろい》のように重く、一度足を止めたら、もう歩けなくなる気がする。

(まーそうだよな〜。この歳《とし》までなにしてたんだって話だよな〜)

前の会社にいる間に、なにか一つくらい資格を取っておくべきだった。なにも考えず、ぼんやりと生きてきたツケがこんなところで回ってこようとは。

(おなかすいた……)

今日は朝からなにも食べていない。

今後のことを考えると、せめてアルバイトくらいしなければ、本当に死ぬ。今でさえ、主食がキャベツで栄養失調寸前だというのに。

（でもなあ……）

もしバイトも不採用になったら、さすがに立ちなおれそうにない。ああ、もうどうしたらいいのだろう。

「柴田？」

八方ふさがりに陥った時、不意に背後から誰かに呼ばれた。

「……え？」

のろのろと振り返り、ミチコはぎょっと息を飲む。

「黒沢《くろさわ》主任!?」

スーツを着た、黒縁眼鏡《くろぶちめがね》の男性がミチコの背後に立っていた。

——黒沢歩《あゆむ》。

半年前に倒産した会社で、ミチコの上司だった男だ。

他人に厳しく、自分にも厳しく、立てば悪魔、座れば悪魔、歩く姿はやっぱり悪魔。

部下の仕事を嫌がらせレベルで細かくチェックし、一つでもミスを見つければ、眼鏡の奥で鋭い眼がギラリと光る。

『柴田アアアア!!　ちょっと来い！』

当時は一日に何度、そう呼びつけられただろう。怒鳴られるたびにミチコは椅子から飛びあがり、びくびくしながら彼のもとに駆け付けた。

そう、ミチコは世界で一番、この黒沢が苦手だった。

「……なに隠れてんだよ」

無我夢中で、近くにあったカフェの立て看板の裏に逃げこんだミチコを見て、黒沢が呆れたように鼻を鳴らした。

半年ぶりだが相変わらず不機嫌そうで、すごく怖そう。容姿が整っている分、余計に凄《すご》味《み》がある。

負けてなるものかと、ミチコは腹に力を込めて黒沢をにらんだ。

「条件反射です。主任こそなにしてんすか、こんなところで」

「仕事だよ。知り合いの紹介で」

「えっ、新しい職決まったんですか⁉　ずるい！」

「なにが」

「私なんか……アッ」

その瞬間めまいに襲われ、ミチコはよろめいた。

「おい、どうした」

「急に大声を出したらめまいが……。もう一週間ほど、キャベツしか食べてなくて」

うっかり口を滑らせてから後悔する。

黒沢に話したって、どうにもならないだろう。やはりお前は無能だな、とかなんとかバカにされるに決まっている。

（失敗した）

投げつけられるであろう嫌味に耐えるため、ミチコがぎゅっと拳《こぶし》を握った時だ。

「ついてこい」

黒沢はおもむろにミチコを促し、近くのステーキハウスへ入った。

（え？　……ええ？）

あれよあれよという間に空いた席に座らされ、メニューを渡され、「いいから好きなものを頼め」とかつての天敵が、神のようなことを言う。

なにかの罠《わな》だろうかと疑ったものの、本能には抗《あらが》えない。

「……ッ」

数分後、ミチコの前には、分厚いステーキが置かれていた。

じゅうう、と熱された鉄板が音を立てている。我慢《がまん》できずにナイフで切り分け、肉を口に運んだ瞬間、

「……おいしい……‼」

ぶわっと目の前がバラ色に染まった。

こんなにおいしいステーキを食べたのは多分、生まれて初めてだ。

飢えていた体が活力を取り戻し、涙が出そうになる。

「いいんですか、ほんとに食べちゃって？　私、ほんとにお金ないんですけど……」

一応質問はしたが、ミチコの手は止まらない。夢中でステーキを堪能《たんのう》していると、正面の席で黒沢が肩をすくめた。

「いいよ、それくらい奢《おご》ってやるよ。……で、一週間キャベツのみって、なんでそんなギリギリの生活してんだ。貯金は？」

「……スズメの涙ほどはあったんですけど、使い果たしまして……」

「なにに」

「いやまあ、デート代とか……？」

「お前、彼氏いんの」

「はい……いや……」

人が言いにくいことを、ズバズバと聞かないでほしい。それでもステーキの恩がある以上、無視もできず、ミチコは渋々口を開いた。

「彼氏かどうかは怪《あや》しいんですけど……まあそんなかんじの」

「なら、そいつに奢ってもらえよ」

「それが、ピチピチの大学生でして……」

その瞬間、黒沢の眉《まゆ》が跳ねあがる。

「大学生？　お前、そんなのをどこでひっかけた？」

「合コン……」

「は⁉　合コンでひっかけた大学生に貢《みつ》いでキャベツ生活してんのか！」

「身もふたもないまとめ方しないでくださいよ……」

「バカじゃねえの⁉」

辛辣《しんらつ》にもほどがある。

文句を言いたかったがなにも思いつかず、ミチコはぼそぼそと言い返した。

「いいんですよ。結構幸せなんで」

「とてもそうは見えないけどな」

「……」

放っておいてください、と小声で言い返す。

……幸せですよ。ホント。

「いやでも、ご飯助かりました。だいぶ元気回復しました」

食事が終わり、店から出たミチコは深々と黒沢に頭を下げた。

説教はされたが、彼に奢ってもらえて、なんとか命拾いができた。栄養を摂《と》ったおかげか、気持ちも上向きになれた気がする。

やはり人間、きちんと食べないとダメだ。

（意外に親切……）

そっと様子を窺《うかが》うと、黒沢は呆れながらもミチコの身を案じているように見えた。結局一度も笑わなかったし、言っていることは厳しいし、とっつきにくいところも変わっていなかったけれど。

「主任もお元気で。仕事がんばれよ」

「お前に言われたかねぇよ」

素直に礼を言うには、前の会社での恨《うら》みが大きくて、つい生意気な言いかたをしてしまう。案の定、嫌そうにつっこまれたが、黒沢はさほど怒ってないようだった。

「じゃ、失礼します」

宣言するように、軽く片手をあげて、挨拶《あいさつ》をする。黒沢も「ああ」とうなずいてきびすを返した。

（不思議な出会いをしてしまった……）

一人、帰途につきながら、ミチコはしみじみと考えた。もう一生会わないと思っていた男に再会したばかりか、ステーキまで奢ってもらえるとは。

と、その時、鞄《かばん》に入れていた携帯電話が震えた。

（純太くん！）

メールの差出人を見て、ミチコは思わず笑顔になる。

『件名・ありがとう♥♥♥

本文・サイフ、友達にジマンしたら、カッコイー☆って羨《うらや》ましがってた。ヤッター。アリガト、ミチコさん。また遊ぼうね！』

絵文字をたくさん使った、今どきのメールだった。そこに、昨日ミチコがあげた財布を持って笑っている純太の写真が添付されている。

（私みたいなアラサーに、こんなカワイイ顔して笑ってくれる子がいるんだもん。幸せに決まってる）

幸せそうには見えない、と黒沢に言われた言葉を頭から振り払う。

自分にそう言い聞かせ、ミチコはとあるところに電話をかけた。

「あ、もしもし、柴田ミチコと申しますが、お母様でしょうか」

電話の向こうから冷たい空気が流れてきた気がしたが、気にしない。

「……あ、ハイそうです。ニートで独身の柴田ミチコで間違いございません。……いえ、残念ながら、あなたの娘です、ハイ。……あの……お金を……ハイ……」

……電話を切られた。

でも母のことだ。地方から出て一人暮らしをして頑張っている娘のために、渋々送金してくれるだろう。

多分、いつか……ミチコが飢《う》え死ぬまでには。きっと。

希望を胸に、曇天《どんてん》を見あげる。

——ああ、幸せ。

＊　＊　＊

だが現実はどこまでもミチコに厳しかった。

「柴っち先輩、米田《よねだ》先輩、アタシぃ～、彼氏と来月結婚することになりましたぁ～」

数日後、カラオケ店の一室で、前の会社の同僚、藤本《ふじもと》が言った。会社が倒産してから久しぶりに会うが、ふっくらとした唇と少し眠そうな目もとが今日も色っぽい。

「けけけ結婚んん⁉」

「へー、おめでとう！」

同じく元同僚の米田が笑う。

彼女はミチコよりも年上で、結婚していて子どももいる。

年齢も性格もばらばらの三人だが、前の会社ではなぜかウマがあい、よく一緒に行動していた。

今日は久しぶりに藤本から連絡をもらったため、昼間から会うことにしたのだが……。

「なんで？　ふじもっちゃん、まだ若いじゃん！」

「若くないスよぉ～。もう二十三スもん」

「ケンカ売ってる⁉」

悲痛なミチコの叫びを、藤本はあっさりと聞き流す。

「前の会社なくなったのをきっかけに、彼氏とそういう話んなってぇ～。アタシ一人で生きてくよーな生活能力とかないし、もう結婚しちゃうか、つってぇ～」

「わ、私だって生活能力ないよ！」

「フッ、ですよねぇ～」

「いや、そこは認めなくていいよ」

思わず半目で藤本をにらむ。

しかし藤本はひるむことなく、平然と髪をいじっていた。

「それでぇ～、大変なの知ってるしぃ、お祝いとかはいらないんで、できれば式には来てほしいんスけどぉ～」

「い、祝うよそれは……。後輩のめでたい話なんだから」

「無理しないでくださいよぉ～?」

バカにしているのではなく、ミチコを案じているのだろう。

気持ちはありがたいが、ミチコも大人の女性として弁《わきま》えるべきところはわかっている。

それにこの動揺は、急な出費にショックを受けているのではない。

(結婚……二十三歳で結婚って……)

後輩も先輩も、誰も彼もが皆、ミチコを置いて結婚してしまう。

自分は今日も昨日も、もっと言えば半年前もその前も、ずっと同じ場所に留《とど》まっているのに。

「つか、あんたはまだあの大学生に貢いでんの?」

呆然とするミチコに、米田が言った。

既婚者から繰り出される鋭利な言葉に、ミチコは思わず目をそらす。

「貢いでるんじゃないよ……愛だよ……」

「なんでもいいけどさあ、そろそろ将来のこと考えな？　その大学生と結婚するわけでもないんでしょ。ちゃんと結婚前提におつきあいできるようなしっかりした人を探しなって。ヒモを養う甲斐性《かいしょう》なんてないでしょうが、あんた」

「ハイ……」

「まーでもアレっスよねぇ～。イケメン俳優追っかけてた時よりマシっていうかぁ～」

藤本が話に入ってくる。米田が深々とうなずいた。

「あー、追っかけてたね、北へ南へ。なんだっけ、特撮ヒーローのイシャレンジャー？　ありゃあひどかったよ」

「でしょ？　現実に帰ってきただけ、進歩っスよぉ～」

「いや、あの時は仕事もしてたし、今はむしろ退化してない？」

二人とも、本人を前にしてずけずけと言いすぎではないだろうか。

いいんです、と言いたい。

将来よりも大事なのは今だ。自分は今を、精一杯生きているのだ。

（それにさーっ）

今は若い純太も、将来は大物になって、ミチコを養ってくれるかもしれないではないか。

だとしたら、これは投資だ。幸せな未来に対しての。

純太に会おう。

会って、彼の気持ちをちゃんと確かめれば、こんなふうに周りの人に心配されることもない。なにより、自分も安心できるだろう。

きっと純太はミチコの欲しい言葉を言ってくれるはず……。

翌日、ミチコは純太とメンズアパレルショップに来ていた。純太が夏用のTシャツを探しているらしい。

「将来の夢？」

Tシャツを手に取りながら、純太が聞き返す。そう、とミチコはうなずいた。

「大学、医学部って言ってたよね。やっぱり将来はお医者さん？」

「うん」

希望通りの答えに、ミチコはひそかに拳を握った。

「純太くんなら絶対なれるよ。応援する！」

「うーん、でもやっぱ医者は大変かなー」

「オレの一番の目標は『楽して生きる』かな！」

あっさりと言う純太にうろたえ、ミチコはなぜかうなずいてしまった。

「そ、そうだね。楽に生きられるのが一番だよね……」

「でしょ？　だからオレ、結婚とかもしたくないんだー。なんにも縛《しば》られたくないっていうか」

「そ、そっかー……。じゃ、じゃあ私って純太くんのなんなのかなー、なんて……」

「ミチコさんはねー、うちの犬に似てるー！」

今度こそミチコは言葉をなくした。

「……犬？」

「オレにすっごい懐いててねー、なんでも言うこと聞いてくれんだよ。写メ見るー？」

そう言って、携帯電話を見せられる。

画面に映っていたのは、顔の皮が余ったフレンチブルドッグだった。

むっちり、ずんぐりとした体形で無表情。心なしか目が死んでいる。

「……犬」

携帯電話を見つめ、ミチコは呆然とした。

「……え？」

完全に予想外の答えだった。

——そうか。

私はだるんだるんに顔の皮が垂《た》れた、犬か。


その夜、数日前に面接を受けた会社からは不採用の連絡があった。わかっていたことなので、ショックは少ない。

「……」

キャベツの千切りに醤油《しょうゆ》をかけ、ミチコは無心で口に運んだ。噛めば噛むほど、口の中がキャベツでいっぱいになり、飲みこむのも苦労する。

キャベツとは、こんなに水気のない野菜だっただろうか。

ぼんやりと考えながら、机の上で財布を逆さにしてみる。二回、乾いた音がして、十円玉と五円玉が机に落ちた。

——命がけで恋をつかもうとしたら、本当に命を失いそうな状況に陥った……。

今が、まさにそれだった。

主食はキャベツ。副菜もキャベツ。

財布の中に入っているのは十五円と、何枚ものクレジット支払明細書のみ。

貢いで、貢いで、貢いで……手に入れたものはなにもない。

（……寝よ）

なにかを考えること自体が億劫《おっくう》で、ミチコはのろのろとベッドにもぐりこんだ。

久しぶりに自分の現状を目の前に突き付けられた気分だった。

——暗すぎて、未来が見えない。

＊　＊　＊

そして今に至るわけだ。

翌朝、ダメもとで銀行に寄ってみたところ、母から金が振り込まれていた。大金ではないが、今のミチコにとっては一、二万円でもありがたい。

これでキャベツだけ食べれば、一ヶ月は生きられるだろう。

希望を胸に、近所のスーパーマーケットへ向かったが、そこでミチコは愕然《がくぜん》とした。

（キャベツが値上がりして……！）

少し前まではひと玉百円で買えたのに、今日はその三倍だ。

これではとても手が出せない。

（仕方ない。数を減らして……）

次に来る時、安くなっていることを祈ろう。

悩みぬき、のろのろと陳列棚に手を伸ばした時だった。

「黒沢主任!?　なにしてんすか！」

隣で無造作にキャベツを取った客を見て、ミチコはぎょっとした。

数日前に会った黒沢が、買い物かごを手にして立っている。以前はスーツを着ていたが、今日はパーカにジーンズをあわせていた。

「ああ、柴田か。買い物だよ。この近くに用があって」

なにしてるんすか、と尋《たず》ねたミチコに黒沢が答える。

怒るわけでもなく普通の答えが返ってきて、ミチコは目をしばたたかせた。

「主任、スーツじゃないとなんか雰囲気《ふんいき》変わりますね」

「そうか？」

「戦闘能力低そう。今なら素手で倒せそうな気がします」

「倒すなよ」

「さーせん。そういえば今日って平日ですけど、仕事は休みなんですか？」

「まあな。つーかお前は、まだキャベツ生活してんの」

ミチコと陳列棚のキャベツを見比べ、黒沢が露骨《ろこつ》に呆れた目をする。

「好きなんですよ、キャベツが。ほっといてください。そもそも主任はなに買って……って、黒毛和牛⁉　調子乗ってんですか⁉」

元上司に対する口のきき方じゃないのは自分でもわかっていたが、つい本音が出てしまう。

黒沢も気にすることなく、平然と言い返してきた。

「乗ってねぇよ。食いてぇんだよ、悪いか」

「ずるい！」

その瞬間、くらりと立ちくらみに襲われた。

ぺたんとその場にしゃがみ込むミチコを見おろし、黒沢が鼻を鳴らす。

「あーあ、また大声出すから」

「この……くっそ……」

自分の思い通りに動かない体が恨めしい。

そしてなによりも、悔しいのが……、

「……にく……」

「あ？」

「私だって、お肉が食べたいっ……！」

口にした瞬間、ドッと感情があふれ、涙がこぼれた。

肉が食べたいのに、食べられなくて。

キャベツしか食べていないのに、それすらも食べられなくなりそうで。

それを自覚すると、感情がコントロールできなくなる。

「おにく……おいしいおにくが食べたいよおぉぉ！」

「お前、なに言って……ちょ、こっち来い！」

座りこんだまま立ちあがれず、ぽろぽろと涙をこぼすミチコに、黒沢は慌《あわ》てたようだった。

店内にいた主婦の視線に耐えきれなかったのか、彼は買い物かごと商品を店員に返し、ミチコの腕を引く。

そのまま彼に引きずられるようにして、ミチコは店から連れ出された。


ミチコはスーパーマーケット近くの公園にいた。

平日の昼間ということもあり、園内に人は少ない。

「そんなに肉が食べたかったのか」

　ベンチに二人で並んで座り、黒沢が尋ねた。未《いま》だ泣きやむことができないミチコに戸惑っているのがよくわかる。

「主任、イシャレンジャーって知ってます？」

　泣きながら、ミチコは質問し返した。

「しらねぇよ。なんの話だよ」

「全員医者の戦隊でね……？　すごいかっこいい……かっこいいんです」

「だから、なんの話だよ」

「私、田舎《いなか》から上京してきて……初めての一人暮らしで、あっちもこっちも不安で、それでもなんとか会社に行って……でも行ったら、すごい怖い悪魔がいて」

　黒沢がピクリと身じろぎをする。

『柴田アアアッ‼』

　半年前まで、そうやって何度も怒鳴られた。

　やれ、商品名を間違えただの、レジュメ作成が雑だの、書類が角がそろってないだの……。

　一つ一つをあげていけば、きりがない。

「残業して修正してる先から、次の仕事持ってくるし、あの悪魔が。でも誰も手伝ってくれないし、もう毎日つらくてつらくて」

「……」

「それで一人、アパートで心が折れそうな時に、テレビでイシャレンジャーがやってて。『君の心の傷は俺たちが治す！』って。イケメンが……戦隊組んで、怪人と戦って……」

黒沢から複雑そうな気配が伝わってきたが、気にする余裕はない。

「しゅごいかっこよくて、ああ、私の心の傷を治してくれるのはこの人たちなんだなって……思って」

「絶対違うだろ」

「追っかけて、握手会とか舞台とかに行って……そんなんしてたら私、いい歳になってて……ヤバイ、合コンでも行くかって……で、行ったら、イシャグリーンそっくりな子がいて！　あ、イシャグリーンは小児科の先生なんですけど、その子も医学部とか言うし！　絶対運命だと思って！」

「絶対違うだろ」

同じ言葉をさっきも聞いたが、無視する。

今は、黒沢の冷静なツッコミ程度では正気に戻れない。

「もうすごい好きで……顔が」

「顔かよ」

「追っかけで鍛《きた》え上げてきた貢ぎ力を駆使して、必死で捕まえて。……でも、もう疲れました。こんなに頑張って、『犬』って……私、友達ですらないって……」

仕事をして、恋をして、結婚して。

そんな風に皆が普通にできることを、自分は一つもうまくできない。頑張っても頑張っても空回りしてばかりで、歳だけ取って、中身は空っぽ。

……情けない。だがもう、どうしていいかわからない。

そんな思いがあふれて泣きじゃくるミチコのそばから、黒沢は去ろうとはしなかった。

ミチコの知っている彼ならば、もっと冷たいはずなのに。

「柴田、ちょっとついて来い」

ミチコがようやく泣き止《や》んだころ、黒沢がゆっくりと立ちあがった。

「飯、食わせてやる」

「に……肉ですか！」

「もっといいもの。たぶん」

「……？」

わけがわからない。

だが、今日の黒沢は怖くない。

戸惑いながらも、ミチコは彼のあとに続いた。


「……ここは？」

公園から少し離れた場所に、小さな喫茶店が建っていた。ひさしには「喫茶ひまわり」と店名が書かれている。

ミチコの家から五分くらい離れた場所だが、今までは気づかなかった。

「俺のばあちゃんが昔やってた店。今、ばあちゃんは入院してんだけど」

「へえ」

慣れた手つきで鍵《かぎ》を開ける黒沢に続き、ミチコも中に入った。

店内は無人で、若干埃《じゃっかんほこり》っぽい。

物珍しげに辺りを見回すミチコにかまわず、黒沢はカウンター内の厨房《ちゅうぼう》に入った。

「えっ、肉よりいいものって、主任が作るんですか⁉」

「ああ。一応調理師免許も持ってる」

「きもちわるっ」

反射的に口にすると、呆れたように一瞥《いちべつ》された。

「お前、俺をなんだと思ってんだ」

それでも怒鳴り声は飛んでこない。……なんだか変な感じ。

（わ……）

カウンター席に座り、恐る恐る黒沢の様子を窺ったミチコは目を丸くした。

シンプルなエプロンをつけ、黒沢は慣れた手つきで玉ねぎやマッシュルームを刻んでいく。

手際《てぎわ》がよく、無駄もない。これがあの恐ろしい鬼主任、黒沢歩なのだろうか。

（きもちわる……）

こんな時、語彙《ごい》のない自分がもどかしい。

黒沢から目が離せなくて、すごいと思ってしまって……そんな自分が気持ち悪いのだ。

「俺なあ、会社辞《や》めたんだ」

バターを一かけ落としたフライパンでライスを炒《いた》めながら、黒沢が雑談のように言った。

ぼんやりと彼の手つきを眺めていたミチコはぎょっとする。

「え!?　知人に紹介してもらったって、前に言ってたところをですか?」

「うん。向いてなかったんだよ、あーいう営業」

「前の会社じゃ、イキイキしてるように見えましたけど!?」

いびられ続けた自分が言うのだから間違いない。

だが黒沢は首を横に振った。

「あれはイライラしてたんだよ。あの、うさん臭《くさ》い健康器具にうさん臭い言葉を並べて売りつける仕事に」

「ああ……まあ確かにうさん臭かったですけど」

「新しく紹介してもらったとこもうさん臭い羽根布団《ぶとん》売れって。年寄り狙《ねら》って。アホか」

黒沢の声には嫌悪感《けんおかん》がこもっていた。自分の祖母と同じような老人に、高価なだけの商品を売りつけるのは我慢できなかったのかもしれない。

「親に言われて仕方なく普通のリーマンになったけど、俺は最初からこの店を継《つ》ぎたかったんだ。それなりに金もたまったし、ちょうどいい。俺はこれから、この店の店長になる」

呆気にとられたのもつかの間、黒沢がカウンターに置いた皿を見た途端、ミチコはここまでの会話が全て頭から吹き飛んだ。

目の前に、ふんわりと膨らんだラグビーボール型のオムライスが置かれている。

卵はまるで金色に光っているような焼き加減で、亀裂《きれつ》もない。完璧なオムライスだが、唯一、薄い卵焼きの上に信じられない文字が躍《おど》っていた。

「なんですか、コレ！」

ケチャップで書かれた「ＬＯＶＥ♡」の文字。

「見りゃわかるだろ。オムライスだよ」

「それじゃなくて、ラブ♡の部分！　ヤバイ、今、全身の毛穴が開きました。寒くて！」

「うるさい。いーから食えよ」

じろりと険のある目でにらまれる。

……鬼主任の作ったオムライスだ。もしかしたらこのケチャップは唐辛子《とうがらし》ソースなのかもしれない。この卵もマスタード入りかも。

そう思ったが、黒沢がじっと見つめているため、食べないわけにもいかない。ミチコは覚悟を決め、一口分のオムライスをスプーンですくい恐る恐る食べた瞬間、

「……おいしい」

あまりのおいしさに呆然とした。

少し酸味のある甘いチキンライスと卵の相性が抜群だ。丁寧《ていねい》に炒められた玉ねぎも歯ごたえはあるが甘く、正直、今まで食べたオムライスの中で一番おいしい。

「え、うそでしょ⁉　おいしい！」

「そうか。ならイケるな」

「きもちわるい！　すごくおいしい、きもちわるい！」

「いい加減にしろよ、お前」

黒沢に凄まれたが、そんなものは全然気にならない。

子供のように夢中でオムライスを食べるミチコを見て、「きもちわるい」の言葉の裏にあるものが黒沢にも伝わったのだろう。

彼は得意そうにふっと笑い、

「ばあちゃん直伝《じきでん》、『元気の出るオムライス』だ。元気出ただろ？」

「……はい、おいしいです。元気回復しました。あと、主任が笑うの、初めて見ました」

「そりゃたまには笑うよ」

「えー、おっそろしい顔しか見たことないですよ」

率直なミチコに、黒沢がバツの悪そうな顔をする。

「悪かったよ、怒ってばっかで。本当に仕事が嫌いだったんだ。……ほぼ八つ当たりだ。お前はちゃんと頑張ってた」

「……は？」

「失敗はするけど、ちゃんと自分でフォローできるし、仕事は遅くても、言われたことは最後までやり遂《と》げるしな。なにより、辞めていく奴《やつ》が多い中、お前は辞めなかった」

「え、あ……」

「根性あるよ、柴田は。すごいと思ってた」

「……」

ニッと笑う黒沢を前に、ミチコは言葉を失った。

……黒沢が、自分の頑張りを見ていてくれた？

誰も、ミチコのことなんて気にも留めてないと思っていたのに。

「な……なんでそんなこと今頃言うんですかぁ！」

うっかり涙が出そうになり、ミチコは大声でごまかした。

「会社にいる時言ってくださいよ。私がどれだけ深い傷を負ったと思ってるんですか！」

「悪かったって」

「悪かったで済んだら、警察いらんでしょうが、このやろう‼」

「だから……その詫《わ》びに、ここで雇《やと》ってやる」

「……へ？　ここって、このお店で、ですか？」

「そう、開店準備に人手がほしかったからちょうどいい。次の職が見つかるまでのアルバイトっていうのはどうだ？　そんなにバイト料出せるわけでもないけど、なにもしないよりマシだろ？」

「それは……そうなんですが、でも」

世界一苦手な主任のもとでまた働く？

また前みたいに、何度も怒鳴られるのは怖い。

（でも）

金は欲しい。それに……。

「なんなら飯付きで」

迷うミチコの背中を押すように、黒沢が追い打ちをかけてきた。

「たまになら肉も出してやる」

「肉⁉　や、やります！　やらせてください！」

……完全に肉につられた。

それでも、立ち上がって勢いよく頭を下げると、黒沢が満足そうにうなずいた。

「よし、採用！　さっそく明日から働いてもらう。仮オープンは一週間後だ」

「はい！　って、けっこうすぐですね」

「ああ、だから他にもバイトを呼んである。模様替えもしたいし、力仕事はお前じゃ無理だろ」

「え、殿方《とのがた》？　殿方がいらっしゃる？」

条件反射で、つい髪の毛を整えてしまう。黒沢本人には見せたことのない反応に、彼が眉を跳ね上げた時だった。

「失礼します」

来客を告げるベルが鳴り、折り目正しい男性の声がした。

ミチコは目を輝かせながら振り返り……、

「うあ」

思わず変な声が出た。

「黒沢さん、人数集めました！」

ガラの悪い男たちがぞろぞろと店に入ってくる。

脱色した髪をライオンヘアにした男も、角刈りの男も、パンチパーマにサングラスをかけた男もいた。全員、屈強《くっきょう》で、明らかに普通の社会人には見えない。

(な、なんだ、このイカつい集団)

思わず後ずさったミチコとは逆に、黒沢は先頭にいた、ものすごく目付きの悪いオールバックの男に気軽に近づいていく。

「集めすぎだよ。何人いんだよ」

「すんません。黒沢さんのもとで働きたい奴って招集かけたら、こんなに集まってしまって。黒沢さんのサジ加減でふるいにかけてやってください」

「「よォしくおねしゃす‼」」

オールバックの男に続き、大勢の男たちが一斉に頭をさげた。……異様すぎる。

「ちょ、ちょっと主任っ、これ、どういう方々なんですか」

完全に腰が引けたまま、ミチコは黒沢の服を引っ張った。

「ん？　友達」

「友達って……」

「あっ、黒沢さん、この方もアルバイトさんですか！」

オールバックの男がミチコに目をとめる。にらまれたのかと思って悲鳴をあげかけたが、ただ視線を向けただけらしい。

黒沢も平然とうなずいた。

「ああ、女子一人くらい必要だろ。ちょっと歳食ってるけど」

「ぅおい！」

「お世話んなります！　自分、黒沢さんの後輩のテリーと申します」

外国の方だろうか。

そんなことを考えたミチコに、黒沢が脇《わき》から補足する。

「照井《てるい》、だ。顔はイカついけど、いい奴だよ」

「はあ……あの、主任って何者なんすか……？」

いい奴かどうかは置いておき、恐ろしげな見た目の男たちから、ものすごく慕《した》われているように見える。

疑惑の眼差しで見あげたが、黒沢は余裕綽々《しやくしやく》だ。

「べつに？　フツーの元リーマンだよ」

少し首を傾《かし》げ、からかうように笑われる。

……信じられないが、これ以上聞いてもはぐらかされる気がする。

（ここでバイト……）

早まっただろうか。

だがもう後には引けない。

ミチコはごくりと生唾《なまつば》を飲み、手にかいた汗をぬぐった。

こうしてはじまった新生活。

自分に、明るくて幸せな未来はやってくるのだろうか……。

【 2 】

「お家賃がね、引き落とせないみたいなのよ」

……目の前にでっぷりとしたフレンチブルドッグがいる。

なぜかこの犬種に自分は縁があるらしい。

フレンチブルドッグに気を取られ……ギリギリのところでミチコは我《われ》に返った。

「先月も、でしょう?　ちょっと気になっちゃって」

フレンチブルドッグから視線をあげると、犬を抱いた六十代の女性が笑いながら立っている。

ミチコの住むアパートの管理人だ。パーマをかけ、朝から念入りに化粧をしている。

今は朝の八時過ぎ。人の家を訪れるには早い時間だが、事情が事情なので文句は言えない。

ミチコは慌《あわ》てて頭をさげた。

「あ……すみません。ちょっと諸事情で遅れまして……。すぐ振り込ませてもらいます。すみません!」

「そぉ？　よろしくね」

「はぁい」

笑顔で去っていく管理人を、ミチコも笑顔で見送った。ここで家賃を払うだけの金もないと知られたら、アパートを追い出されかねない。

（もうちょっと家賃安いとこに引っ越すかなあ。いや、引っ越すにもお金いりますし）

今はとにかく働くしかない。

生きるためにも、おいしいご飯を食べるためにも。

たとえ仕事先が、世界一苦手な主任の店であっても。


「ぅおはようございます！」

その約一時間後、ミチコは勢いよく「喫茶ひまわり」のドアを開けた。

カランコロンとドアについたベルが鳴り、店内にいた黒沢《くろさわ》が顔を向ける。

「おう、えらい元気だな」

「お金欲しいんで！　バリバリ働きます！　よォしくおねしゃす！」

アルバイト一日目だ。気合も入る。

「「「ぅおはようございます‼」」」

野太い三重奏がミチコを迎えた。

店の奥に昨日挨拶《あいさつ》をしたテリーと、角刈りで顎髭《あごひげ》を生やした男、パンチパーマにサングラスをかけたプロレスラー体型の男がいる。

大勢の男たちの中から見事、アルバイト採用された三人だ。

面接など形ばかりで、腕相撲《うでずもう》で採用を決めていたが、大丈夫なのだろうか。

「とりあえず、店の模様替えからはじめようか」

「ウッス！」

黒沢の指示で、テリーたちはきびきびと働き出す。

大きなガラステーブルを一人で持ちあげて運べるのはすごいが、それよりも見た目の怖さが気になってしまう。

（ほんとどういう友人なんだ。主任、謎《なぞ》だわぁ……）

探るようにじっと見ていると、それに気付いた黒沢に「働け」と急《せ》かされる。確かに、お金のためにも働かねば。

ミチコも急いで、テーブルや椅子を拭《ふ》いていった。

「ふー」

──三時間ほどが経《た》っただろうか。

気づくと時計の針は正午を回っている。

お腹《なか》が空《す》いた、とミチコが何気なく思った時だった。

「ほら」

厨房《ちゅうぼう》で作業をしていた黒沢が、なにかを差し出してきた。

とっさに受け取り、ミチコは目を瞬《しばたた》く。

「……なんすか、これ」

「まかない」

平たいプレートに、様々な料理が盛りつけられていた。

色鮮やかなポテトサラダや生野菜に文句はないが、問題は半円形に整えられたライスだ。

動物の耳のように、ライスの上に小さなおにぎりがそれぞれ乗っていて、海苔《のり》で目や口まで作られている。

「……なんかご飯が笑ってんですけど」

「和《なご》むだろ。あとよく見ろ。ご飯のとなり」

黒沢がプレートの脇《わき》を指さす。

そこに素晴らしいものを見つけ、ミチコは目を輝かせた。

「お肉じゃないですかーっ！」

「安物だけど、ワインに漬け込んで柔らかくしてある。ばあちゃんが作ってたお子様ランチを改良した、『大人《おとな》様ランチ』だ。完成したら店のメニューにしようと……」

「おいしーっ、お肉おいしーっ！」

「お前、人の話聞いてないだろ。テリーたちも休憩して飯食え」

夢中でランチプレートを堪能《たんのう》するミチコにため息をつきつつ、黒沢はテリーたちにも声をかけた。

「ウッス！　恐縮っス！」

休まずに働いていたテリーたちがうなずく。

礼儀正しいが、やはり目つきは最悪だ。

彼らを見て、ミチコはふと不安になった。ランチプレートなんて軟派なものが食えるか、と内心で思っていたらどうしよう。

(怒り出したりしないかな)

ハラハラするミチコのテーブルに、テリーたちが座る。そして、

「チョーかわいいスね」

「かわいいな」

「俺、写メ撮《と》るっス」

おお、と三人そろって感嘆の声をあげた。

角刈り男にいたっては、本当に携帯電話で写真を撮っている。

(可愛《かわい》い物好きなのか……?)

ますます謎が深まった気がしたが、深く考えないほうがいいのかもしれない。

「主任、私はこのあと、なにをすれば」

「古い食器を全部洗いなおして、新しい食器を出す。……それから、俺はもう主任じゃない。マスターと呼べ」

ドヤァ、という効果音がつきそうなほど自慢げに、黒沢が笑った。

思わずミチコの顔がゆがむ。

「うへぁ……」

「あと柴田《しばた》は食器関係が終わったら、駅前でチラシ配りだ」

「チラシ?」

ミチコが食べ終わったのを見計《みはか》らい、黒沢がA4サイズの紙の束を手渡してくる。

店の名前が書かれたチラシには「リニューアルオープン」の文字と、手足の付いた人型のひまわりが描かれていた。

有名な他店のキャラクターを模しているのではなく、オリジナルキャラのようだ。つぶらな瞳《ひとみ》で「来てね」と笑っているひまわりはかなり可愛いが、

「まさかこれ、主任が描いたんですか」

「俺じゃない。テリーだ」

「ええっ⁉」

「黒沢さ……マスター。外に貼るポスター、こういうのはどうですかね」

ミチコと違って、素直に黒沢の呼びかたを変えつつ、テリーが大きな紙を差し出した。

大きなポスターにもチラシと同じ、ひまわりのイラストが描かれている。食後に少し離れたテーブルでなにかをしていたが、まさかポスターを作っていたとは。

「おお、すごいじゃん。やっぱりお前、器用だな」

嬉《うれ》しそうにポスターを受け取る黒沢に、テリーは続けて言った。

「マスコットキャラクターって大事だと思うんで、このひまわりちゃんで推《お》していくのはどうでしょう」

「うん、いいよ、和む。オリジナルグッズも作ろうか」

「いいスね。実はほかにもいろいろあって」

「え、なんスか」

角刈り男とパンチパーマ男も加わり、四人そろってポスターの写真を撮ったり、グッズ案を出したり、とすごく盛り上がっている。

（ていうか、こんな楽しそうな主任、初めて見る）

まるで憑《つ》き物が落ちたみたいで、毎日がみがみと怒っていた半年前の彼からはまるで想像ができない。

「ああ、柴田、お前はそれつけてチラシ配れ」

突然黒沢が振り向き、ミチコの頭になにかを乗せてきた。一瞬うろたえたのもつかの間、壁にかかった鏡に映った自分に、ミチコは顔を引きつらせる。

「冗談やめてくださいよ」

頭に、「ひまわりちゃん」のお面が乗せられていた。

悩みのなさそうな笑顔のお面と、苦々しい表情のミチコの対比がひどい。

だが、黒沢はミチコの抗議などおかまいなしで、

「本気だよ。宣伝なんて、目立ってナンボだろ」

「呪《のろ》いますよ」

「夜のまかないは肉だ」

「にっ、にく……」

文句がぐっと喉《のど》の奥に引っ込む。

「それにお金欲しいんだろ？　バリバリ働けよ」

「くっ……」

腕を組み、にやりと笑う黒沢にミチコは拳《こぶし》を固めた。

やはり黒沢は天敵だ。肉を食べさせてくれるのはありがたいが、憎らしいのは変わらない……！

＊　＊　＊

(あのやろう、ズボンの尻《しり》裂けろ)

昼過ぎ、脳内で黒沢を呪いながら、ミチコは駅前でチラシを配った。

通行人にくすくすと笑われるのが恥ずかしくてたまらない。

それでも確かにお面効果か、チラシを差し出すと受け取ってくれる人が多かった。

「よろしくお願いしまーす。リニューアルオープンでーす」

「ひっ」

だがそんな中、目のあった女性にチラシを渡すと、ひきつった悲鳴をあげて逃げられた。

一体どうしたのだろうと首をひねった時、

「「「よォしくおねしゃす‼」」」

「ギャー‼」

地を這《は》うような低い大声が背後で響き、ミチコも悲鳴をあげた。

振り返ると、テリーたち三人が立っている。

「えっ、なっ、なんですか」

「店の掃除が終わったんで、手伝いに来ました。チラシ半分貸してください」

「えっ、いーですよ、私一人でっ」

「やらせてください」

「……ハイ」

テリーの迫力に負け、ついチラシを渡してしまう。

だが、通行人は完全に彼らを避けていた。

チラシを差し出しては逃げられ、近づいて行ってはきびすを返されるテリーたちを見ていると、ミチコのほうがいたたまれなくなってくる。

（主任の言ったとおり、悪い人たちではなさそうだけど……）

やる気が完全に空回っている。

「あのー、つかぬことをお伺《うかが》いしますが、主任とはどういうお友達なんですか？」

チラシを配りながら、ミチコはテリーに尋《たず》ねた。

彼は作業しながらミチコの問いに答えるのが失礼だと思ったのか、長い話になると思ったのか、チラシを配る手を止めて通行人の邪魔《じゃま》にならないよう、道の隅に移動した。

「黒沢さんは俺の命の恩人です」

「命の恩人……？」

普通に生きていたら、あまり聞かない言葉ではないだろうか。

首をひねるミチコに、テリーはこくりとうなずいた。

「ええ、俺がまだ中学生のころの話です」

「中学生⁉　そんな長い付き合い⁉」

「はい。こう見えて俺、中学のころはヤンキーだったんスけど」

「ああ……わりと見たまんまです」

「そうスか。ああ見えて、黒沢さんもヤンキーでした」

「えええっ⁉」

そっちは見た目と全然違う。驚くミチコに、角刈り男が携帯電話を差し出してきた。

「黒沢さん、めちゃくちゃかっこよかったっスよ。そのころの写真見ますか」

携帯電話の画面にはリーゼント頭の少年が映っていた。

普通の写真をさらに携帯のカメラで撮ったらしく、画質は粗《あら》いが、間違いなく黒沢の面《おも》影《かげ》がある。ヤンキー座りでこちらをにらんでいるが、育ちの良さがにじみ出ているのは気のせいだろうか。

ミチコが思わず吹き出すと、テリーにじろりと睨《にら》まれた。

「あっ、かっこいい……カナ?」

「俺の宝物ッス。あのころの黒沢さんは神でした」

角刈り男の言葉に、テリーもうなずく。

「俺たちが中学のころ、この辺りはヤンキーのたまり場になっていました。縄張《なわば》りをめぐって、警察を巻きこむほどのひどい喧嘩《けんか》があとを絶たなかったんスけど、その中心にいたのが、黒薔薇艶世流《くろばらえんじえる》ってチームで」

「……はい?」

奇妙な単語を聞いた気がして首をひねると、テリーが律儀《りちぎ》に繰り返した。

「黒薔薇艶世流。あいつらは人に迷惑をかけることしかしない奴らでした。傷害事件を起こして、何度も警察の世話んなってて……そいつらと揉《も》めれば殺されるかもって聞いてたのに俺ら、うっかり目をつけられちまったんです」

唖然《あぜん》とするミチコに、テリーは淡々と話を続けた。

「とある店先で集団で待ち伏せされて。……こっちも何人かいたんですけど、相手は鉄パイプやナイフも持ってましたし、店先の電飾看板まで使って、殴《なぐ》り倒されて」

「ひええ……」

「殺される、って思った時でした。黒沢さんがその店から出てきたんです」

懐かしそうに、テリーは遠い目をした。

「俺らの状況を確認するなり、人の家の看板でなにやってんだよって、ナイフ持ってる連中に怯《おび》えもしないで問い詰めて。……で、連中がふざけて電飾看板を壊した瞬間キレて、全員をあっという間に素手でのしちまったんです」

「それ……まさか一人で?」

「はい。それでそのあと、俺ら全員に向かって……」

『おまえら、今度この辺で騒ぎ起こしたら、承知しねぇぞ』

「キャー、カッコイー!!」

テリーが当時の黒沢の口調をまねた瞬間、野太い歓声が二つあがった。

ぎょっとして視線を向ければ、角刈りとパンチパーマが口もとに手を当てて身もだえている。

「あん時の黒沢さん、チョーカッコよかったよね！」

「ほんとマジイケー‼　あッ、ごっめーん、つい素《す》が出ちゃった♡」

今までの硬派な雰囲気《ふんいき》はどこへやら、角刈り男たちは二人して体をくねらせた。

「アタシら、実はその時、黒薔薇艶世流の一員だったんだけどー！」

「黒沢さんがカッコよすぎて、足洗っちゃったのー♡」

「「ネー♡」」

合コン中のＯＬのように全身からハートマークを飛ばす二人に、ミチコは呆気《あっけ》にとられた。

（おお……）

気持ち悪いとは思わないが、すごい変わりようだ。

テリーは元から知っていたようで、特にコメントはしない。

「黒沢さんのおばあさんも黒沢さんに似て優しい人で、俺らみたいなガラ悪い奴らも偏見なしで受け入れてくれたんス」

「そうなのよ。おばあさんが倒れて、お店がなくなるって聞いた時は、ショックのあまりアタシまで倒れちゃって……」

「ネー。あのお店がないと死んじゃうよね、アタシら」

テリーたちは深々とうなずいた。

「あの店は俺らにとって、生きる糧《かて》みたいなものなんス。疲れた時、あの店に行けば、黒沢さんがいて、仲間がいる。……唯一《ゆいいつ》、ホッとできる場所なんス。だからこうして、黒沢さんが店を継《つ》いで、これからも続けてくれるってことが、俺ら本当にうれしくて」

「テリーさん……」

「そんなわけで、柴田さんもご協力よォしくおねしゃす！」

三人はそろってミチコに頭をさげた。きっとこれを伝えたくて、ミチコに過去の話をしたのだろう。

（なるほど）

黒沢が喫茶店を継ごうとした理由はコレだったのか。

社会からはみ出した者にも、くつろげる場所を。

そう考えたのかもしれない。

（私のことも……）

職が決まらなくて途方に暮れていたら雇《やと》ってくれた。

キャベツしか食べていないと泣いたら、まかないまでつけてくれた。

まだ前の会社でのトラウマは残っていたが、一方で黒沢がテリーたちに慕《した》われる理由も少しだけわかった気がした。


その日の夜、ミチコは黒沢とともに喫茶店に残っていた。

つい先ほど、テリーたちは夜の仕事があると言って帰っていった。「夜の仕事」と言われたため、いったいなにをしているのかと思いきや、コンビニや居酒屋、警備員といった仕事らしい。

彼らの意外性にももう慣れた。

ミチコも帰り支度をしたが、帰る前に一つだけ、黒沢に伝えたいことがあった。

「いい奴らだろ」

静かな店内で黒沢が笑う。

「はい、いい人たちでした。うまくやっていけそうです」

「ふーん」

なんだか黒沢は嬉しそう。自分の仲間がミチコのような一般人に受け入れられたことを喜んでいるのだろうか。

「色々聞かせてもらいました。黒薔薇艶世流の話とか」

「……な、なんだと」

「写真も見せていただきまして、三年先まで笑えそうです。あと、くそつまんなくて憎ったらしい主任があんなに慕われてて、びっくりしました」

「お前なあ」

呆れ顔の黒沢から、一瞬目をそらす。

「このお店も、主任にもテリーさんたちにも……みんなに大事にされてるんですね」

ほんとに言いたいことはそれだった。憎まれ口に混ぜないと、恥ずかしくて言えそうになかったのだ。

ミチコの声のトーンが少し変わったことに気付いたのか、黒沢が目を瞬く。

「あいつら、そんなこと言ってた?」

「はい」

「そうか。……この店はあれだよ。お前のイシャレンジャーみたいなもんだ。心の傷を……なんだっけ」

「……『君の心の傷は俺たちが治す!』です」

「そう、それ。生きてると色々あるからな。疲れた時に心のよりどころになるような場所は、誰にでも必要だろ?」

「……そうすね」

「この店は俺にとっても、そういう場所なんだ」

心のよりどころ、という言葉が黒沢の口から出てきたことが意外だった。そういう場所はミチコみたいに、なにもかもがうまくいかない人が求めるものだと思っていたのに。

「主任、疲れてるんすか?」

「そりゃ疲れるよ。そういや柴田、イシャグリーン似の大学生はどうした」

「……ッ!」

露骨に話題をそらされた気がしたが、そんなことはどうでもいい。

ミチコは思わずテーブルを叩《たた》いて抗議した。

「あえて触れてないのに、掘り起こさないでくださいよ! お金ないから一回メールを無視したら、二度と連絡来ませんよ。私なんかその程度ですよ。ほっといてください!」

「俺にキレんなよ」

「黙れ、元ヤン!」

「ああ⁉」

「お疲れ様です。また明日！」

捨て台詞《ぜりふ》のように挨拶し、ミチコは喫茶店を飛び出した。

アパートまでは徒歩五分。すぐに帰れる距離なのは助かる。

（へえ、主任も疲れることあるんだ……）

ずんずんと歩いていると、気持ちが落ち着いてきた。

同時に、先ほどの会話を思い出す。

（きもちわるい。主任とわかりあってしまった）

なんとなく黒沢は自分とは違い、疲れることも落ちこむこともないと思っていたのに。

（まあ当たり前か）

人間、生きているだけで疲れるものだ。お腹《なか》が空《す》けば落ちこむし、仲良くいちゃつくカップルと夜道ですれ違うだけでも、思った以上にダメージを受けたりもする。

「ただいまー、おかえりー」

誰もいない真っ暗な部屋に帰り、ミチコはベッドに倒れ込んだ。当然、ミチコの帰りを待っていてくれる人はいないし、お帰り、と言ってくれる人もいない。

「はー……」

アルバイトははじまったが、生活が劇的に変わることはない。

パッとしない日々の繰り返しで、このままでは身も心も死んでしまいそう。

黒沢たちが「喫茶ひまわり」を心のよりどころにしているように、自分にもそういう場所がほしかった。

どこかにあるだろうか。

自分にもいつか、見つかるだろうか。

（ああ、誰か、私を癒《いや》してください……）

そんなことを考えながら――気づくとミチコは深い眠りについていた。

＊　＊　＊

それでも一晩寝れば、ある程度は元気も回復する。

「おはよーございます！　今日も主任からお金を巻き上げにきました‼」

翌朝、ミチコが元気よく喫茶店に入ると、黒沢が顔をしかめた。

「ヤな言い方すんなよ」

「バリバリ巻き上げます！　お仕事ください‼」

「じゃ、今日もチラシ配ってこい」

「ウッス！」

チラシの束を受け取りながら、ミチコはこっそりと黒沢に耳打ちした。

「あ、でも主任、チラシは私一人で配ったほうがいいと思うんすよ。みんなで行くとお客さんが逃げちゃって」

「あー、わかった。あいつらには店の用を頼んどく」

今日も頑張るぞーっ、と気合を入れているテリーたちには申し訳ないが、やはり喫茶店のイメージも大事だろう。今はリニューアルオープン前の大事な時期なのだから。

「じゃあ行ってきます、主任」

びしっと敬礼し、ミチコが店を出ようとした時だった。

「おい、俺のことはマスターと呼べっつってんだろ」

「……」

……なんだろう。得意げな黒沢が腹立たしい。

ミチコの苦悩などおかまいなしで、自分の夢だった喫茶店を継ぎ、ウキウキしているのがわかるからだろうか。

（まあ、少なくとも私の心のよりどころはこの店でも、主任でもないな）

わかっていたが、再確認する。

店を飛び出した。

「行ってきましゅ、マシュター」

精一杯の抵抗で、下あごを突き出して挨拶をし、文句が飛んでくる前にミチコは急いで
「リニューアルオープンですー。よろしくでーす」

完全にやる気をそがれつつも、ミチコは駅前でチラシを配った。

働くふりをしてサボる、という選択肢はない。誰に見られていなくても、金をもらう以上はしっかりと働かなくては。

今日もひまわりちゃんのお面効果か、チラシ配りは順調だった。

「よォしくおねしゃーす」

やや適当さはあるものの、ミチコは目の前を通りがかった女性にすかさずチラシを差し出した。と、その時だ。

「ねえ」

チラシを受け取った女性がなぜか話しかけてきた。

髪は女らしい長めのショートカットで、ミニスカートにデニムジャケットをあわせ、濃い目のメイクをしている。キツそうだが、かなりの美人だ。

「あなた、このお店のなに?」

ピリッとした敵意を感じて、ミチコは動揺した。

「へ? ア、アルバイトです」

「ふうん、店どこ? 連れてってよ」

「えっと、まだオープンしてなくて……」

「いいの。いるんでしょ。黒沢歩」

ピンポイントで黒沢の名前が出てきて、ミチコはどきりとした。

名前を知っているからには、知り合いなのは間違いないが、

(キレたら、皿割りそう)

そんな印象を受ける。というか、現時点ですでにキレ気味だ。

連れていってもいいのだろうか。黒沢に電話で確認したいが、そんなことすら許してくれそうにない雰囲気がある。

今すぐ連れていけ、と無言の圧力を受け、ミチコは渋々駅前をあとにした。


「あのー、お客様です……」

ミチコは恐る恐る、「喫茶ひまわり」のドアを開けた。

その背後にいた女性を見た瞬間、黒沢やテリーたちの間に緊張が走った気がした。

「なにしてんの？」

店内の空気をものともせず、女性はつかつかと店内に入ると、黒沢の前に立った。声音は静かだが、どう見ても怒っている。だが、

「柴田、そこに新しいグラス買ってきたから、出しといて」

黒沢は彼女を一瞥《いちべつ》もせず、箱に入った皿を取り出しながらミチコに言った。

女性の怒りがさらに増した気がして、ミチコのほうが冷や汗をかく。

「あの、今はそれどころじゃ……」

「壊すなよ」

「いや……」

「なにしてんのって聞いてんの！」

耐えかねたように女性が怒鳴った。

「おっきい声出すなよ。みんながびっくりするだろ」

「だったらちゃんと答えてよ！　なにしてんの？　なんで電話出ないの⁉」

「……」

黒沢は再び沈黙する。

手元の皿から顔もあげない彼を見て、女性はくしゃりと顔をしかめ、

「――……ッ‼」

ミチコが止める間もなく、黒沢の手から皿を奪い取ると、思いきり床に叩きつけた。

（割ったー‼）

ガシャーン‼　と豪快な破壊音が店内に響き渡る。

予想した通りの反応に、恐怖よりも先に感動してしまう。テリーもこれがわかっていたのか、すかさず箒《ほうき》とちりとりを持ってきて、割れた皿を片付けはじめた。

「ヤダ、こわい」

そんな中、パンチパーマと角刈りがミチコにすがりついてくる。普通は男女の役割が逆だろうが、それはこの際どうでもいい。

ミチコもこそこそと聞き返した。

「あの人、誰なんすか？」

「黒沢さんの、同棲中《どうせいちゅう》の彼女よ」

「ええっ」

思いがけない答えにぎょっとする。

黒沢に彼女がいたとは。しかも同棲中。

前の会社にいた時も、再会してからも、彼に女の影などなかったのに。

「とりあえず部屋に帰ってきてよ。全部ちゃんと説明して」

驚くミチコたちはそっちのけで、女性と黒沢の話は続いていた。

「お前、話したって聞かないだろう」

「聞かないのはそっちでしょ⁉　あたしが止めるのも聞かないで、勝手に会社辞《や》めて、こんな店はじめて‼　どういうこと⁉」

「こんな店、とか言うなよ。俺にとっては大事な……」

「こんな店よ！　何回か連れてこられたことあったけど、こんな店、うまくいくわけないじゃん。ガラの悪いチンピラみたいなのばっかり集まって、いつか問題起きるに決まってるでしょ！　あたしは前から、こんな店っ」

「晶《あきら》」

静かに、黒沢が女性の言葉を遮《さえぎ》った。

「それ以上言ったら、本気で怒るぞ」

前の職場でミチコ相手に怒鳴っていた時とは全然違う。理知的で、冷静で……だが、聞いているだけのミチコでも圧倒されるような声だった。

だが晶と呼ばれた女性は負けない。一瞬ひるんだものの、すぐに拳を握りしめる。

「……かまわない。あたしは絶対に許さない。黒沢くんがこの店を続けるっていうんなら、あたし別れるから」

「晶」

「ちゃんと考えて、答えを出して」

それだけ言って、晶はきびすを返した。

（な……）

カランコロンと妙に平和的なベルの音を聞きながら、ミチコは唖然とした。

同棲中ということは、かなり真剣な付き合いをしていたのではないだろうか。

それなのに、黒沢が店をたたまなければ別れる？

黒沢も、特に異を唱《とな》えない？

（なんじゃそらー‼）

【　3　】

——黒沢《くろさわ》主任の彼女が「喫茶ひまわり」に襲来した。

その日、晶《あきら》が帰ったあとも、黒沢たちの様子は変わらなかった。

五日後に迫ったリニューアルオープンの準備を黙々と進め、あっという間にバイトの終了時間になる。

夕方、窓から見える街灯にぽつぽつと明かりがともりはじめると、テリーたちは手際《てぎわ》よく後片付けをし、黒沢に一礼した。

「それじゃあお先、失礼しゃす！」

「おー、おつかれ」

黒沢も片手をあげて彼らを見送った。

そして当然のように、ミチコにも声をかけてくる。

「柴田《しばた》もおつかれ」

「いやいや、どうするんですか、彼女」

「あー、まあ、なるようになるだろ」

「な、なんですかそれ！　もっと真剣に考えてくださいよ！」

「なんでお前がキレんの」

むしろ、なぜ黒沢が落ち着いているのかを聞きたい。

「このお店は私のお店でもあるんですよ。やっぱりやめるとか急に言われたら……」

「やめねぇよ。雇《やと》ったばっかりのバイトを放り出すようなことはしないから安心しろ」

「……じゃあ彼女と別れるんですか」

「だから、その辺はなるようになるって」

「そんなこと言ってると、また皿割られますよ」

「丈夫な皿買っとく」

「はあ……」

ミチコはまだ納得できなかったが、黒沢は気にしない。野良犬を追い払うように、しっしっと片手を振ってくる。

「ほら帰った帰った。夜はこの店、二階が俺ん家《ち》なんだから」

「え、主任、ここで寝泊まりしてんですか。同棲中《どうせいちゅう》の彼女のとこ帰ったほうが……」

「お前なあ、人の心配してる暇《ひま》があったら、自分の心配しろよ。二十九歳、フリーター、独身、金なし、彼氏なし、色気なし」

色々ひでーぞ、と羅列《られつ》され、ミチコは言葉を失った。

人間、言っていいことと悪いことがあるだろうに。

「い、色気は関係ないでしょうが！」

「色気がないから彼氏ができないんだろ」

「なっ……このっ……このやろっ……」

「ハイ、おつかれさん」

「――……ッ‼」

なにか一言くらい言い返したかったが、なにも出てこない。

「おつかれっした‼」

結局、ミチコは自分のバッグをひっつかみ、怒りに任せて店を出た。

バァン！　と勢いよくドアを閉める直前、黒沢がため息をついた気がしたが、そんなものはどうでもいい。せっかく人が心配してやったというのに。

(もういいわ。勝手に別れろ、バーカバーカ！)

日の暮れかけた道路をずんずんと歩く。

歯噛みしながら、心の中でひとしきり黒沢を罵《ののし》っていた時だった。

「あ……」

道路沿いの花壇に座っている女性に気付き、ミチコは目を丸くした。

うなだれていて顔は見えないが間違いない。

数時間前、「喫茶ひまわり」で大暴れして去っていた女性――晶だ。

逃げようとしたが遅かった。人の気配を感じて顔をあげた晶と目があい、ミチコは仕方なく会釈《えしゃく》をした。

「……どうも。先ほどは……」

晶も「ああ、さっきの」と頭をさげてくる。昼間とは違い、ずいぶん大人しい。

「こ、こんなところでどうしたんですか……？」

「頭冷やしてんの」

「へー……」

沈黙が落ちる。

どう考えても、和《なご》やかに話す雰囲気《ふんいき》ではなかった。

重い空気に耐えかね、ミチコはそそくさと晶の前を通り過ぎようとしたが、

「ねえ、今ヒマ？」

「……はい？」

「ちょっと付き合ってよ。飲みに」

思いがけない誘いに、ミチコは一歩後ずさる。

「えっと……私、お金なくて」

「おごるよ。そんかわり、あたしの愚痴《ぐち》聞いて」

その言葉に、不覚にも心が動いた。

黒沢のまかないに不満はないが、味付けはとても品がいい。揚げ物や焼き鳥など、味の濃い居酒屋の料理がふと恋しくなる。

「……聞くくらいならできますけど」

ごくりと喉《のど》が鳴る。

晶はうなずき、サッと立ちあがった。落ちこんでいても、方針が決まればすぐに行動する性格なのだろう。

「この辺、飲めるような店あったっけ？」

「駅前にいくつかあります」

「じゃあそこで。お酒飲める？」

「そんなに飲まないですね。食べるほうに必死になっちゃって」

颯爽《さっそう》と駅のほうに歩いていく晶の背中を追いながら、ミチコは戸惑った。なんだかよくわからない展開になってしまった。

（この人飲みそう〜。浴びるように日本酒飲みそう〜）

だがもう、あとには引けない。なるようになるだろ、と数分前に黒沢も言っていたではないか。

戦々恐々としつつもタダ飯につられ、ミチコは晶のあとをついていった。

——その約一時間後、ミチコの予想は完全に当たった。

「ど～しよぉ～、あたし、ひどいこと言ったよねぇ～」

うおお、と目の前の席で、晶が大泣きをしている。

完璧《かんぺき》にキメていたメイクは涙で剝《は》がれ、顔がぐしゃぐしゃだ。

テーブルには料理の皿がいくつかと、「辛口吟醸《からくちぎんじょう》」と書かれた日本酒の瓶《びん》が一本。晶はそれを手酌《てじゃく》で自分のおちょこに注いでは、泣きながら飲み干している。

「彼氏の友達をチンピラとか言っちゃってさ～」

クイッと一杯。

「皿まで割っちゃってさ～」

さらに一杯。

「いや、わかってんだよぉ？　あの店、大事にしてんのはさぁ～。でも寂《さび》しいじゃ～ん。あたしより、友達のが大事だって言われてるみたいでさぁ～」

「……そうですね」

せっかくのタダ飯を堪能《たんのう》せねば、と食事に箸《はし》をつけつつ、ミチコは圧倒された。

怒る時も落ちこむ時も、なんてパワフルな女性だろう。

その豪快さに、妙に感動してしまう。

「あたしね？　こう見えて三十路《みそじ》なのね？」

涙ながらに晶が訴える。

「ああ」

「いや、そこは見えないですねって言うところだよ」

「あっ、見えないですね」

「遅い」

「失敬」

泣くだけ泣いて、少しは落ち着いたのだろうか。

晶はすん、と鼻を鳴らして息を吐いた。

「黒沢くんとはもう七年？　八年くらい付き合ってんの」

「長いすね」

「そう、長いの。なのに結婚の話、いっこもしないの。もう三十歳超えてんのあたし」

「見えないですね」

「でしょう？」

今度は完璧にできたらしい。一人、達成感を覚えるミチコの前で、晶は見る見るうちにまた涙ぐんだ。

「そういうアレもあって、つい別れるとか、試すようなこと言っちゃって……」

「いいんじゃないっすか。主任よりいい男はもっと他にいますよ。ありゃあ結婚したらうるさいすよ。小姑《こじゅうとめ》みたいにねちねち」

「は？　なに、あんた、黒沢くんに恨みでもあんの？　あの店でバイトしてるとか言うから、黒沢くんのこと好きなのかと思った」

「やめてくださいよ！　天敵でしかないすよ！」

「なんで？　黒沢くん、やさしいじゃーん」

「えー、ないっすわーっ！　うっそだー」

負けじと言い返すミチコに、晶も引かない。ぐぬぬと二人して睨《にら》み合ったところで、ふと晶は息を吐いた。

「黒沢くんは、私が今まで生きてきて出会った人たちの中で、いちばんやさしい人だよ」

静かで、穏やかな声だった。テリーたちが黒沢のことを語る時も、同じような声音だった気がする。

（確かに嫌な面ばっかじゃないかもしれないけど）

それでもミチコにとって、黒沢はとても憎たらしい男だ。……今はまだ。

「まー、いーよ。わかってくんなくても。とにかくあたしはそう思ってんの。好きなの」

「はあ」

「だからさ〜、好きな人には必要とされたいじゃん？」

じわっと晶の目に涙が浮かぶ。

「いらないならいらないで、はっきりしてほしいわけ！　わかる⁉」

「三十路ですしねぇ」

「そうだよ。賞味期限内になんとかしてっていう……。ハァ、バカなことしたな。もー、だめだぁ……」

晶は涙をぬぐいながらうなだれた。

わかりやすく落ちこむ姿は、妙にかわいく見える。

「まだまだですよ。私なんて、もっとバカです」

だからつい、ミチコも自分の過去を話してしまった。

生活費を削って年下の男に貢《みつ》いできた過去を笑われつつも、不思議と嫌な気持ちにはならない。晶がミチコを見下したり、さげすんだりしなかったからかもしれない。

そのまま、夜の十時頃まで、ミチコたちは飲みかわした。

最初はどうなることかと思ったが、なんだか楽しいひと時だった。

「あたしさー、名前、晶って言うんだー」

居酒屋を出て、夜更けの町を二人で歩く。

晶は浴びるように日本酒を飲んでいたが、足取りはしっかりしていた。

「黒沢くんと結婚したら、『黒沢晶』になるんだよね。字は違うけど、映画監督になっちゃうなーって、時々一人で笑ってた」

「楽しそうな遊びですね」

ミチコは本心からそう思った。恋人がいて、その人と結婚した時のことを考えるのはとても楽しそうだ。

「でしょー、アハハ……」

だがすぐに、晶の笑い声に涙が混じる。眉間《みけん》と口もとにぐっと力を入れて泣くのをこらえ、彼女はくるりとミチコに背を向けた。

「……じゃーね」

「あの……なれるといいですね。映画監督」

思わずミチコは晶の背に声をかけた。

涙ぐみながら振り返った晶がふっと微笑《ほほえ》む。

もうほとんど諦《あきら》めたような顔で。それでも強がって、まっすぐに背を伸ばして。

(意外と可愛《かわい》らしーじゃん)

上から目線かもしれないが、単純にそう思った。

自分に自信があって、自分の思い通りにならなければ皿を割って暴れる女性……ではなかった。

酒の席で知った晶はただ黒沢のことが好きなだけの、一人の女性だった。

まっすぐで、一途《いちず》で、みっともなくて。

それでも眩《まぶ》しくて、目が離せない。

(別れんのかね)

晶の背中を見送りながら、ミチコは思った。

(それもなんか、かわいそうな気がしてきたね)

＊　＊　＊

翌朝、喫茶店でミチコは黒沢に一通の封筒を渡した。

「割ったお皿代、返すって渡されました」

四日後のオープン日に備え、食器を準備していた黒沢が化け物を見たような顔をする。

「お前、なに一緒に飲んでんの？　断れよ！」

「貴重なタダ飯を、ですか？　そんな勇気ありませんでした。あ、なにかバラされたら困ることがあるとか」

「ないよ」

ポーカーフェイスで即答された。

怪しいが、あやふやなまま問いただしても、黒沢は白《しら》を切るだろう。

「主任、結婚する気ないんですか」

ミチコは少し改まって尋ねた。

昨夜、晶が「一向に結婚の話が出ない」と言っていたが、なにか事情があるのだろうか。

それがなんとかなれば、二人は元通りになれるのではないだろうか。

そう思ったのだが、

「人の心配するまえに、自分の心配しろっつってんだろ」

黒沢に嫌そうに返された。

「ほら、今日もチラシ配り」

「はあ」

「返事は『はい』だ、このやろう」

「はい、マシュター……」

下あごを突きだして嫌そうに返事をすると、黒沢がチラシとともに大きな包みを渡してきた。

反射的に受け取ってからぎょっとする。

昨日までの「ひまわりのお面」がさらにパワーアップし、「ひまわりの被《かぶ》り物」になっている。おまけに葉っぱの付いた緑色のマントまで。

「ちょっと時間早いが、それ着て、今から行ってこい」

「ヤですよ！」

「テリーが夜なべして作ってくれたんだぞ。労力を無駄にする気か」

少し離れたところにいたテリーと目が合い、ぐっと言葉に詰まる。一瞬、不良同士の睨み合いのようになったが、

「お似合いです」

当然、テリーの圧勝だ。

「……ありがとうございます」

「スマイルを忘れずに」

丁寧《ていねい》に押し切られ、ミチコは抵抗もできずに店をあとにした。


(うん、まともな職を探そう)

駅前でチラシを配りながら、ミチコは改めて決意する。

派手な衣装のおかげで昨日よりもチラシを受け取ってもらえるのは嬉しいが、今の自分を表すなら「ひまわりちゃんのコスプレをしながら、チラシを配る二十九歳」だ。

いや、正確には二十九歳、フリーター、独身、金なし、彼氏なし、色気なし、か。

(改めて羅列すると、本当にひどいな……)

確かに自分の面倒も見られない人間が、誰かを助けられるわけはなかった。黒沢と晶のことを心配したいなら、まずは自分自身をなんとかしなければ。

(結婚なんて贅沢《ぜいたく》は言わないからせめてお金……いや、色気が先か)

欲を言うなら全部欲しい。

チラシを配りながら、つらつらとそんなことを考えていた時だった。

「ん?」

突然、携帯電話が鳴った。

イシャレンジャーのテーマソングにハッとして、慌てて画面を見る。

（純太《じゅんた》くん⁉）

数日前にメールを無視したきり、連絡が来なかったのに。

「うあ⁉　どっどうしよっ……も、もしもし」

『ミチコさん？』

焦《あせ》りながら電話に出ると、純太の声がした。なんだか声が暗い気がする。

「純太くん、どうしたの？」

『ミチコさん……会いたい』

すがるように、そう言われた瞬間——ドスッとハートの矢で胸を射《い》ぬかれた。


「すみません、主任。今日はまかない、結構です！」

その日の夕方、バイトが終わると同時に、ミチコは帰り支度を整えた。

バタバタとあいさつすると、黒沢が怪訝《けげん》そうな顔をする。

「なんだ、急いで。用事でもあんの」

「ちょっと約束してて！　お先失礼します！」

「……おう、おつかれ」

黒沢が一瞬、気がかりそうな視線を向けてきた気がしたが、説明している暇はない。

純太はもうミチコに興味をなくしたのだと思っていたのに。

(どうしたの。なにがあったの)

必死な声で「会いたい」なんて言われたら、年上の女性としては放っておけない。

「ミチコさん！」

数駅先の、いつも二人で待ち合わせていた駅に向かうと、純太がパッと笑顔になった。

(カ、カワイイ……ッ)

その笑顔を見た瞬間、ミチコは黒沢の店で働く前の……純太が生活の全てだったころに、あっという間に戻ってしまったのだった。

「忙しくて連絡取れなかったんだ。もう忘れられちゃったかなってドキドキした」

いつも行くファミレスで、純太が嬉しそうに言った。

「そっかぁ、私も忙しくて……って、それよりどうしたの？　電話の声が元気なかったから、なんかあったのかなって」

「ううん、ごめん、なんでもない。ミチコさんの顔見たら、元気になった」

純太はにこっと微笑んだ。

可愛いことを言ってくれるのは嬉しいが、ミチコの目には、やはり彼が無理しているように見える。

「遠慮しないで話して。私でよかったら、なんでも聞くよ？」

ミチコが促すと、純太は少し黙ったあと、ふっとうつむいた。

「……実はお母さんが入院しちゃって」

「えっ、大変じゃん！」

「うん……うち、お父さんいないし、オレは一人っ子だから、自分だけで面倒見てあげなきゃいけないんだ。……でもオレ、バカだから、貯金とか全然なくて、入院費も払えなくて。家にあった貯金は全部オレの学費に消えちゃってるから、今、必死でバイトしてんだけど、全然間に合わないし……なんか、ちょっと疲れちゃって」

「そ、そう……」

軽い気持ちで聞いたことをミチコは後悔した。この数日間で、まさかそんなことになっていたとは。

「ちなみにいくらくらい必要なの……？」

「百万くらい」

「ひゃ……そ、それはなかなかの大金だね……」

「あっ、ごめん、ミチコさんを心配させるつもりはないよ！　オレ、大丈夫だから……」

その瞬間、純太の目から涙がこぼれた。

「純太くん……」

「ごめん、ほんと。あれ、どうしよ、止まんない……」

張りつめていた緊張の糸が切れたのだろうか。

ぽろぽろと涙を流す純太を見て、ミチコも動揺した。

お金がないばかりに、母親を入院させられないなんて、二十歳《はたち》の青年にはつらすぎる。

お金があれば平気なのだろうか。……お金さえあれば。

「わ、私が……」

気づいた時、口が勝手に動いていた。

「私がなんとかしてあげる。任せて」

「ミチコさん……ッ」

純太の目が、希望を見つけたように輝いた。

眩しい笑顔を向けられて一瞬喜び——ミチコはすぐに後悔した。

（……アホか）

アパートに帰り、ミチコは崩れ落ちるようにベッドに倒れ込んだ。

（なんとかするって、どうするつもりよ）

自分のアホさ加減に涙が出てくる。

金がないのはミチコも同じ。純太に貢いできたおかげで、今は家賃も滞納《たいのう》している。

（でも、だってかわいいんだもん）

好きな人には必要とされたい、と泣いた晶を思い出す。

自分だって、誰かに必要とされたい。純太が他の誰でもない、こんなパッとしない自分を頼ってくれたのだから。

「どうしよう」

ダメでもともと、実家に電話をかけたが、金の無心をする前に母から電話を切られた。

それも当然か。

前回、口座に金を振り込んでもらってから、まだ何日もたっていない。今日にいたるまでに借りた金も、結局一度も返せていないのだ。

（そうでしょうとも。もうムリですよね）

追いつめられて頭をかき回したくなる中、ふとベッドに投げだしていたバッグが目に付いた。

バッグから、駅前でもらったポケットティッシュが飛び出している。


——ワンワンローン。


即日融資可能、低金利、と書かれた、消費者金融のチラシがティッシュに挟まっていた。「待ってるワン♡」と吹き出しの付いた、のんきそうなフレンチブルドッグの写真と目があう。

……やめるのだ、ミチコ。

心の中で冷静な自分の声がする。

……それだけはやめるのだ。それは禁断の扉だ。

必死で自分に言い聞かせているのに、手が勝手に動いた。

チラシに書かれたＵＲＬを携帯電話で入力すると、取引方法をわかりやすく記したホームページにたどり着く。

手続きは簡単で安全。恐ろしいことはなにもない……らしい。

「へぇ……借金ってこんな簡単にできるんだぁ……」

へらっと口元に笑みが浮かぶ。

まともな判断力など、もはや今のミチコには残っていなかった――。

＊　＊　＊

それから四日後の朝、ミチコはワンワンローンの店舗前に立っていた。

分厚い封筒を手にして。

(借金を、してしまった)

手足が震える。呼吸が乱れる。

ああ、緊張で倒れてしまいそう。

この日の喫茶店のバイトほど、時間がすぎるのが長く感じたことはない。

そしてその夜、

「……ありがとう、ミチコさん」

バイト後、純太と待ち合わせて封筒を手渡すと、嬉しそうに抱きしめられた。

出会ってから初めての抱擁《ほうよう》だ。ネオンサインの輝く町で、はたから見たら、自分たちも恋人同士に見えるのだろうか。

「でも大丈夫？　こんな大金……」

封筒を受け取った純太に聞かれ、無理やり笑って、手でピースサインを作る。

「だっ、大丈夫。大人だもん。貯金くらいあるしね。純太くんの役に立てれば、私は幸せ！」

「そう……ありがとう」

微笑み、去っていく純太を見送りながら、ミチコはじわじわと背筋を這《は》い上ってくる絶望的な焦りに必死で耐えた。

（働こう）

鬼のように働こう。

喫茶店で働いたあと、もう一つアルバイトを入れるしか、自分に残された道はない。

ただテリーたちのやっているコンビニや居酒屋の時給では、全然たりないだろう。

（そうなるともう）

キャバクラか、ガールズバーのような店しかない。

なるべく安全で、なるべく高給な店を探すのだ。

夜通し携帯電話で店を探し……翌日の夜、ミチコは喫茶店のバイトが終わると、数駅離れた繁華街に足を運んだ。

「こ、こんばんはー……」

ＢＡＲ乙女48、と書かれた看板のある店に入る。極力若く見られるよう、髪型をツインテールに変え、若者向けのパーカを着て。

「二十三歳です！　よろしくお願いします！」

事務室で支配人らしきスーツ姿の男性に年齢を聞かれ、ミチコは笑顔で断言した。

支配人は疑い深そうに、ミチコの全身をじろじろと見たが、

「うん、いいよ。採用。明日の夜から来てくれる？」

「えっ、ほんとですか⁉」

志望動機も聞かれず、面接らしい面接もない。

（普通の就活だと落ち続けてるのに……）

この店ではそんなに辞めていく人が多いのだろうか。

そう不安になる気持ちをなんとか押し殺す。

求人募集の要項には「飲食店のホール業務」と書かれていた。

（きっと普通のバーだって）

自分にそう言い聞かせながら面接を終え、ミチコはアパートのある駅に戻った。

家に帰る前に、「喫茶ひまわり」に立ちよる。

なんの因果か、明日は喫茶店のリニューアルオープン日だった。営業時間は決まっているが、客の入り具合によってはクローズの時間が延びるかもしれない。

その場合も定時で帰りたいと黒沢に話しておかなくては。

「夜の仕事？　なに、コンビニ？」

喫茶店にて、バイトを掛け持ちすることを告げたミチコに、黒沢は怪訝そうな顔をした。

夜の九時を過ぎていたため、もうテリーたちは帰ったようだ。

「いえ……飲食店です」

「まさか水商売か」

「いや、まあ……でもセクシー系じゃないですよ？」

「当たり前だろ。お前にセクシーが務まるか。……じゃなくて大丈夫なのか、それ。なんでまた、そんなとこで働こうと思ったんだよ」

「お、お金がいるからですよ。ここのバイト代だけじゃ足りないんです」

「金がないのはわかってるから、生活に困らない程度は出すつもりだけど？」

「はい。……それは大変感謝しています」

思わず敬語になり、目をそらす。

黒沢の眼差《まなざ》しが鋭くなった。

「まさかお前、また誰かに貢いでんじゃないだろうな」

「ち、違いますよ！　そもそも私のことより、自分の心配したらどうですか。明日がオープン日でしょ！」

黒沢の夢だった喫茶店経営が、明日からはじまるのだ。

今はミチコにかまっている余裕なんてないだろうに。

（それに、借金したのがバレたら、バカにされるに決まってる）

ほんの少し、本音も混ざる。

（いやいや、私は人の役に立つことをしただけで、なんにも悪いことしてないから）

後悔しそうになる自分に言い聞かせ、ミチコは黒沢の前から逃げ出すようにして喫茶店をあとにした。

その帰りがけ、携帯電話にメールが届く。

『ミチコさん、ありがとう。俺、ミチコさんに会えてほんとによかった！』

純太からだ。絵文字をたくさん使っていて、画面からも嬉しそうなのが伝わってくる。

（お母さん、入院できたのかな）

そうだったらいい。

喜ぶ純太を見ると、ミチコも生活にハリが出る。頑張って生きようと思えるのだ。

「よし、やるか！」

ミチコは気合を入れ、帰途についた。

そして翌日の夜、

「どーもー、前田優子《まえだゆうこ》でーす！」

BAR乙女48、と看板のかかったガールズバーで、ミチコはカクテルを運んでいた。

チェックのネクタイがついたブレザーの制服を着て、髪をツインテールにし、頭に小さな帽子をかぶって。

二十九歳で女子高生みたいな恰好をするのはきついが、制服自体はおかしくない。

念のため偽名《ぎめい》を使っているが、健全そうな店でホッとする。

「お、新人さん？　元気イイね」

「よォしくおねしゃす！」

「隣座ってよー。一緒にお話ししよ」

色白で太った男性客がねちっこい笑みを浮かべてミチコに言った。一見温厚そうだが、断ったら逆上しそうな雰囲気がある。

「えっとー……あの、私、お酒運ぶだけって聞いたんですけど」

隙《すき》を見て、近くにいた支配人に確認したが、やんわりと肩を小突《こづ》かれた。

「お客さんの注文なんだから、ほら早く」

そう言われては逆らえない。ミチコは渋々、男性客の隣に腰を下ろした。

「へへっ」

「えへへ」

間が持たず、とりあえず笑ってみると、男性客もデレっと相好《そうごう》を崩した。そしておもむろに、ミチコのほうに距離を詰め、

「おっぱい、何カップ？」

「――〰〰……」

ぞわりと全身に鳥肌が立った。

かろうじてひきつった笑みは浮かべ続けたが、それが精いっぱいだ。

健全な店だと思っていたが、全然違う。……これはちょっと耐えられないかもしれない。

「ありがとうございましたー」

結局、男性客は飲み物を何杯か頼み、三時間ほど店にいた。

ドアの外まで見送ってから、ミチコは大きく息を吐く。酒を運び、ソファで客と話しただけだが、喫茶店バイトの十倍は疲れた気がする。

そしてのろのろと店内に戻り、男性客がカードで支払った明細書を何気なく見た瞬間、ぎょっとした。

「えっ、三十万⁉　さっきの人、そんなに飲んだ？」

「あー、ここ、ぼったくりバーだから」

「ぼっ……って、え？」

同じ店で働くロングヘアの少女にさらりと言われ、ミチコは絶句した。

確か、ぼったくりは違法で、それを知りつつ働いていれば、従業員も罪に問われるのではなかっただろうか。

（やばいんじゃないの、それ……）

「あんたはなんでこんなとこ来たの？　借金？」

青ざめるミチコに、少女はあっけらかんと尋ねてくる。

「えっと……」

「そんなビクビクしなくても大丈夫だってー。みんな一緒だよ。ホストに貢いで、借金一千万とか」

「いっ」

「まあ、大体男関係だね。あたしもそうだし」

「へ、へえー」

　店で働く全員がミチコと同じだということか。

（仲間がいっぱいいる……）

　そんなことに感動してしまう。しかも一千万円の借金に比べれば、ミチコの百万円など大したことないように思えてくる。

「困ったことがあったらなんでも聞いてよ。あたし、経験だけはつんでるからさ」

「うん……助かる！」

「あ、でもお金借りるとこだけは気をつけな」

　ふと思い出したように少女が言った。

「この辺、危ない金融業者が多いからさあ。契約書をちゃんとチェックしないと、うっかりすげぇ利子取られるから」

「マジすか」

「いっちばん危ないのがワンワンローンってとこ」

「……え」

「無職相手でも貸してくれるけど、あそこだけはマジでやばいから。漫画に出てくるみたいな取り立て屋が家まで来るの。うちの子も何人かやられて、ボロボロんなってたわー……って、どうかした？」

「……いえ」

めまいを覚え、すうっと足から力が抜けた。

目の前が真っ暗になり、真下に開いた底なしの穴に落ちていくような感覚に陥《おちい》る。

——あっ、私、間違えたな。

【　4　】

——突然だが、ミチコはこれまで借金をしたことがない。

男に貢《みつ》ぐことは多々あれど、借金だけはしてはならないと自分に言い聞かせてきた。

ゆえに……あの時は完全にテンパっていたのだ。

『こちらにザッと目を通していただいて、はい、ザッとで構いません、よろしいです？　よろしいです？　ではこちらにサインしていただいて、ハイ、こちらです、それでもう大丈夫ですので、ハイ、いえいえご心配なく、すぐにお貸しできますよぉ……どうぞ、ご希望の百万円です♡』

数日前の、ワンワンローンの店舗での出来事がよみがえる。

早口でまくしたてる女性店員に圧倒され、言われるがままにサインをすると、それだけで百万円の束をポンと渡された。

なんて簡単なんだろうと驚いた。

怪しまなかったと言ったら嘘《うそ》になる。

それでもコツコツと返していけば大丈夫だと思っていたのに。

『ワンワンローンの金利、トイチだよ？　十日で一割』

昨日、ぼったくりバーでロングヘアの少女がそう教えてくれた。

『百万円借りたら、十日で百十万。返済を一ヶ月逃げたら、さらに利子がついて百三十三万。三ヶ月経《た》ったら、もう二百万近くに膨《ふく》れ上がって、半年後には……』

そこまで行ったら、取り返しがつかないことはミチコにも理解できた。

(……やばい。マジでヤバイ)

その日は一睡もできなかった。

横にもなれず、頭から布団《ふとん》をかぶったまま、ベッドの上で正座をして朝を迎えた。ブラインドの隙間《すきま》から朝日が差し込んでくる中、震えは一向に止まらない。

確実に金を返せば済む問題ではない。

悠長にやっていたら、人生が終わる。

(どうしよう、早く返さないと……でもどうやって)

いくら考えても、妙案は思いつかず、焦《あせ》りだけが募《つの》っていく。

その時、突然家のチャイムが鳴った。

「ヒッ」

まさかもう「借金の取り立て屋」がやってきたのかと思ったが、違った。

だがある意味、同じくらい厄介《やっかい》な相手だ。

「回覧板です♡」

ドアを開けると、アパートの管理人が立っていた。今日も腕にフレンチブルドッグを抱いている。

「お家賃も、早めによろしくね」

「あ、ハイ……」

笑顔で回覧板を差し出してくる管理人が怖い。

このままでは、アパートも追い出されかねない。

（ヤバイ……マジヤバイ）

混乱するあまり「ヤバイ」しか言葉が出てこない。

それくらいまずい。

柴田《しばた》ミチコ、二十九歳、人生最大のピンチだった。


しかし現実はミチコの事情などおかまいなしで、やってくる。

「それでは今から店を開ける」

その日の午前十時、黒沢が重々しく宣言した。

「ひまわり」のオープン初日だ。

ミチコが初めてバイトをはじめた一週間前と比べて、店内は見違えるほどきれいになり、店先には色とりどりの花が飾られている。

「もう開いてるのかのう」

カランコロンとベルが鳴り、初老の男性がにこにこと笑いながら入ってきた。

「うわ、ほんとに普通のお客さんだ……」

「ぼーっとすんな、柴田。水とおしぼり」

まじまじと客を眺めていたミチコに、すかさず黒沢の指示が飛ぶ。

おそろいの「ひまわりちゃん」エプロンをつけたテリーやパンチパーマ、角刈りが男性を落ち着いた壁際の席に案内し、そこにミチコが水の入ったグラスとおしぼりを運んだ。

「いらっしゃいませー」

「コーヒーひとつ」

「はい、かしこまりました。……コーヒーお願いしまーす」

「おう」

ミチコのオーダーを受け、カウンター内で黒沢がコーヒーを淹《い》れはじめる。

挽《ひ》きたてのコーヒーの香りが立ちこめ、なんとも言えず贅沢《ぜいたく》な時間が流れた。

(私、こんなにのんびり働いてていいんだろうか……って、いいわけない)

こんな調子で日々を過ごしていたら、十日なんてあっという間に過ぎてしまう。

そうしたら自分の借金は百万円に、十万円がプラスされる。利子分の十万円を貯《た》めている間に十日たったら、それにも利子がついて……。

(……死ぬ)

笑顔で接客しつつも、ミチコの頭の中は借金のことでいっぱいだった。どんなに考えてもなんとかなる気がしない。

「おつかれっした！」

その後、喫茶店のオープン初日は営業時間を少し過ぎたあたりで終了した。

後片付けを終え、テリーたちは帰っていく。彼らに続き、ミチコもこそこそと帰ろうとしたが、

「柴田、お前は残れ。なんか隠してることあるだろ」

黒沢に呼び止められた。

勘《かん》のいい男だ……が、これはいい機会かもしれない。今はもう、黒沢にバカにされたくない、なんて意地を張っている場合ではないだろう。

「あの……お給料を前借りさせてもらうことはできませんかね……」

「は？　なんで」

眉《まゆ》をひそめる黒沢に、ミチコは意を決して全てを打ち明けた。

「――……」

数分後、ミチコの話を聞き終えた黒沢がものすごい顔で絶句した。

「おま……バッカじゃねえの⁉　借金百万⁉　バカ大学生のために⁉」

「バ、バカってなんですか。あの子、病気のお母さんを入院させられなくて泣いてたんですよ。これは人助けです！」

　覚悟していたものの、黒沢に真っ向から正論を叩きつけられた。うろたえつつも反論すると、黒沢にきつく睨《にら》まれる。

「お前のどこに、人を助けてる余裕があるんだ！」

「な、ないですけどぉっ」

「都合いいように使われてるだけだろ、それ。今すぐ大学生のとこ行って、金取り返して来い！」

「そんなことできるわけないじゃないですか。あの子のお母さん、どうなるんですか！」

「知らねぇよ、勝手になんとかすんだろ」

　黒沢はがりがりと頭をかき、冷ややかに言った。

「大体、その『親が入院』てのもほんとなのか？　嘘だったらどうするんだ」

「はあぁ⁉　今、ひどいこと言いましたね。あの子はそんな子じゃありません！」

「じゃあどんな子だよ」

「……やさしいです」

「どこが」

黒沢の追及の手は緩《ゆる》まない。

「顔が、やさしいです」

「意味が分からない」

「顔面で私を支えてくれてんですよ！　世間のなにもかもが私に冷たい中でね⁉　そんなやさしい子が嘘なんかつくわけないでしょうが！」

「お前はほんとにバカだな」

黒沢にしみじみと言われ、反射的にカッとなる。バカにされてもいいと思ったが、実際にされると、やはり腹が立つものだ。

「わかりました、給料の前借りとか言ってすみません！　自分でなんとかします！」

「だからどうにもなんねぇって。取り返して来いって」

「自分で！　なんとかします。ほっといてください！」

捨て台詞《ぜりふ》を吐《は》き、ミチコは勢いよく店を出た。

その足でガールズバーに向かいながら、きつく唇《くちびる》をかみしめる。

（私がバカなのはわかってますよ！）

どうにもならないのも、黒沢の言ったことが正しいのも、全てわかっている。

それでも純太がミチコから金をだまし取ったなんて思えない。しかも「唯一の肉親が病気」なんてたちの悪い嘘をついて。

（意地でも！　百万、自分で返してやる！）

そもそも、まるきり不可能というわけでもないのだ。

昨夜、バイト仲間の少女が教えてくれたことを思い出す。

『借金の返し方？　身を粉《こ》にして働くか、お客に気に入られることだね。たまにお小遣《こづか》いくれる人いるし』

『お小遣い？』

『百万単位で』

『ひゃくっ……！』

『あんたが相手してた客、ああ見えて社長らしいよ。おサイフの紐《ひも》も緩いから、あたしもたまにお小遣いもらう』

少女の教えてくれたことが本当ならば、うまくすれば一日で借金が返せるのだ。

あの男性客は苦手なので、できれば他の方法を探したかったが仕方ない。

（話し相手になってれば、ポンとくれるってことだよね。よし、一攫千金《いっかくせんきん》を狙おう！）

ひるみそうになる気持ちを奮《ふる》い立たせ、ぐっと拳を握りしめる。

「こんばんは。また会えたね」

ガールズバーに出勤すると、その男性客がまた来ていた。ミチコがカクテルを運ぶと、今日も隣に座るように促される。

素直に従うミチコに気を良くしたのか、男性客は膝《ひざ》が触れ合うほど距離を詰めてきた。

「今日のパンツ、何色？」

「ピンクです！」

ぶわっと全身に鳥肌が立ちつつも、ミチコは即答した。

お金のため。

必死で自分にそう言い聞かせる。

「ピンクか～、いいね～、かわいいよ～」

「えへへ、ありがとうございます♡」

ひきつった顔で笑いながら、早くお小遣いをくれないだろうかと考える。

「……」

そんな自分に気付いた時、どうしようもないほどの疲労感を覚えた。

――なぜだろう。すごく頑張って生きているのに、人として堕《お》ちている気がする。

おまけにこの日、男性客はお小遣いをくれなかった。

客にも気分があるので、気長に待つしかないらしい。

……がっかりした。そして、そう思った自分に、一番がっかりした。

(ああ、生きるってつらいなあ)

久しぶりに、心の底からそう思った。

＊　＊　＊

「柴田、今のうちに飯食っとけ」

数日後の昼間、店に客がいなくなった頃を見計《みはか》らい、黒沢がミチコに声をかけた。

「団体の予約が入ったから、夕方は忙しくなるぞ」

「はい」

以前の口論を蒸し返さず、普段通りに接してもらえるのはありがたい。

目の前に置かれたランチプレートの中では今日もライスが笑っていて、ささくれ立った

ミチコの心を癒《いや》してくれる。

「和《なご》むだろ。大人様《おとな》ランチはそれで決まりだな」

無意識に微笑んでいたらしい。

得意そうな黒沢にむっとして、ミチコはザクッとライスにスプーンを突っこんだ。

「べつにっ、和んでなんてないですよっ」

「あっ、お前、もうちょっとビジュアルを楽しんでから食えよ。今までで一番かわいくできたのに」

「やかましい！」

確かに今日のまかないもおいしいが、黒沢に和まされたと思うと悔しい。それほど疲れているということだろう。

こういう時は純太《じゅんた》の声を聞いて癒されたいが、彼はきっと今、母の件で大変なはず……。

百万円を渡してからは連絡ないが、元気だろうか。

「……ッ！」

そんな時、まるでミチコの思いが通じたように電話が鳴った。

純太からだ。

嬉しさに、心が跳ねあがる。

「も、もしもし？」

『ごめん、今仕事中だった？』

「大丈夫。どうかした？」

『ううん、なんでもないんだけど、ミチコさんの声が聞きたくて』

なんてかわいいことを言ってくれるのだろう。

純太の言葉に、一瞬で疲れが吹き飛んだ。

「私もだよーっ。お母さん大丈夫？　……うん、そっか。ちゃんとご飯食べてる？」

尋ねると、純太の声が暗くなる。母親を優先して、彼自身はろくに食事ができていないのかもしれない。

「また一緒にご飯食べようね。……明日？　いいよー。……うん、じゃあね。はーい」

笑顔で電話を切り……そこでようやく、カウンターから黒沢がじっとミチコを見ていることに気付いた。

「イシャグリーンか」

「……そうですけど、なにか？」

「いいカモだな。いくらでも搾《しぼ》り取れそうだ」

「どういう意味ですか」

「別に」

ため息をついたきり、黒沢はカウンター内で料理の仕込みをはじめた。

数日前に放っておいてくれと言った言葉を守っているのだろう。

（失礼な。私はカモになんてなりませんよ）

純太だって、自分をだましているわけがない。

ミチコは心の奥で膨《ふく》らみかけた不安を押さえつけ、必死で自分にそう言い聞かせた。

＊　＊　＊

「お金が足りないんだ」

翌日の夜、いつものファミレスで会うなり、純太がそう切り出した。

予期せぬ一言に、ミチコは飲んでいたアイスコーヒーを吹き出しかける。

「……え…………？」

「お母さん、思ったより体調が悪くて」

「そう、なの……？」

「オレ、どうしていいのかわかんない」

純太は目に涙を浮かべて肩を落とした。

「あと、お父さんも具合悪くて」

「えっ、純太くんちってお父さんがいないんじゃなかったっけ？」

母一人、子一人の家庭で、母が病《やまい》に倒れてしまった……ではなかっただろうか。

ミチコが尋ねると、純太は慌《あわ》てたように早口で言った。

「あっ、ううん、遠くにいる。遠くで、具合悪い」

「えっと……」

——設定が、おかしくなっている！

一瞬、そう感じてしまった。

（いや！　彼も大変で、テンパっているのかもしれないし！）

疑うなんてかわいそうだ。

「……ちなみにいくらくらい足りないの？」

「百万くらい……」

「ひゃ」

それはない。

さすがに、それはもう無理だ。

「た、大変だね……」

「ミチコさぁん……」

ぎこちなく目をそらしたミチコに、純太が訴えかけてくる。目に涙を浮かべ、捨てられた子犬のように。

……この目に弱いのだ。

可愛い年下の男の子に頼られているという状況が、ミチコから理性をどんどん奪っていく。

「か……、考えとく……ね……」

気づくとミチコはそう言っていた。

（がんばれば、なんとかなるかもしれないし）

嬉しそうに礼を言う純太に笑い返しながら、自分に言い聞かせる。

数十分後、ミチコは帰っていく純太を見送った。これから母の見舞いに行くらしく、あまりミチコと一緒にいる時間がないらしい。

ミチコもまた、ガールズバーに行く時間だ。

（なんとかしてって、どうするつもりなんだろうね、私は）

純太の背中を見送りながら、泣きたいような、座りこみたいような気持ちになった。

いいカモだな、と呆れた黒沢の顔が脳裏《のうり》をよぎる。

（ちがう、私はそんなものじゃない。決して）

純太は本気で困っていて。

どうしようもなくて、ミチコに助けを求めていて。

……そのはずだ。

金を巻き上げやすいカモだなんて思われているわけがない。

けして……そんなものでは。


「どうしたの？　今日、元気ないねー」

その夜、ガールズバーで、いつもの男性客がミチコに言った。週に何日も通い、大金を使っているのだから、本当に金持ちなのだろう。

息がかかるほど近くから顔をのぞきこまれ、ミチコはソファに座ったまま、さりげなく距離を取った。

「えっ、やだ、そんなことないですよぉ～。元気いっぱいです」

「ほんと？　じゃあこのあと、アフターに付き合ってくれない？」

「アフター？」

聞き慣れない言葉に小首をかしげると、男性客はこれ見よがしにブランド物のバッグをちらつかせる。

「チップ、特別にあげたいんだけど、お店の中じゃ怒られちゃうからさ」

そこまで言われれば、「お小遣い」のことだとミチコにもぴんときた。

「よ、よろこんで！」

とにかく今は、借金している百万円を返すことを考えよう。

追加の百万円はそのあとで考えることにする。

「お待たせしましたー」

ガールズバーのバイト後、ミチコが店の裏口から出ると、外で男性客が待っていた。

嬉しそうに体を揺すりながら、彼はミチコに近づいてくる。

「えへへ、うれしいな。ずっときみと二人になりたかったんだよ」

「あ、ありがとうございます」

男性客に促され、暗い路地を二人で歩く。

人気《ひとけ》はない。

街灯も少なく、なんだか気味が悪かった。

「どっか落ち着ける場所に行きたいね。どこがいい？」

「えっと……」

「まあこの辺、ホテルしかないけど」

男性客がにやっと笑って言った。

その言葉の意味に気付き、ミチコは思わず青ざめる。

「あっ、私、お腹空《なかす》いてるんでファミレスでも！」

「ホテルにもルームサービスあるよ」

「ファミレスがいいです。ファミレスでお願いします！」

「そうかー。じゃファミレスでご飯食べてからホテルにしよう」

ひるむことなく、男性客はミチコの手を握ってきた。じっとりと汗ばむ感触に、ミチコの全身に怖気《おぞけ》が走る。

「あの、それは困ります」

「なにが？」

「とりあえず手を離してください」

「どうして？　これからもっとすごいことするのに？」

嫌らしく顔を近づけられ、ミチコは脳内で絶叫をあげた。

「や、やっぱり私帰ります！」

「え？　チップいらないの？」

「いらないです！」

「ダメだよ。僕があげたいもん」

「知らんがな！　離してくださない」

「じゃ、チューだけ」

「ヒィッ」

強引に両肩を摑《つか》まれ、壁に押しつけられる。

後ずさることも、男性を押しのけることもできない。

（ヤダ……）

必死で抵抗しているのに、男性客は有無を言わさず、顔を近づけてくる。

むわっとした男の息が顔にかかった。

「やだーっ、だれか、たすけてー‼」

そう泣き叫んだ時だった。

「なにしてんだ、バカ」

ミチコは突然腕を摑まれ、男性の拘束から助け出された。

圧迫感が消える。目の前に、ミチコのよく知る人が立っていた。

「……主任……？」

「ちょっときみ、なんなの⁉」

食ってかかる男性客を、現れた黒沢が冷めた目で一瞥する。

「すみません。こいつ、うちのバイトなんで連れて帰ります」

「は？　なに言ってんの？　この子は僕がっ」

「なにか問題があるなら、警察行ってもかまいませんけど？」

「い、いいよ。また今度にするからっ」

静かに見おろす黒沢に圧倒され、男性客はそそくさと逃げていった。

あっという間に見えなくなる彼のことより、黒沢から目が離せない。

（主任、なんで……）

なぜこんなところにいるのだろう。

呆然《ぼうぜん》とするミチコに対し、黒沢がおもむろに振り向いた。

「このバカ‼」

久しぶりの、本気の怒声だった。忘れかけていた黒沢の怒りを前にして、ミチコはびくりと身をすくませる。

「お前、ほんっとバカだな！」

「し、知ってますよ。てか主任、なんでこんなとこいるんですかあっ」

「テリーにお前のあとをつけさせたんだよ。そしたらバカが怪しいぼったくりバーで働いてるっていうから、様子見に来たらこれだ。なに考えてんだ」

「……だってお小遣いくれるっていうから……」

「タダでくれるわけねえだろ！　俺がたまたま今、見に来たからよかったものの、お前一人だったら今頃、どうなってるかわかんねえぞ！」

容赦《ようしゃ》なく現実を突きつけられ、ミチコはくしゃりと顔をゆがめた。

「わかってますよ……っ」

「大体ああいう店は、裏でやばい奴が絡《から》んでんだ。これくらいで済んでよかったと思え！」

「わかっ……」

「借金も！　後先考えず、大金借りてきやがって！」

「わかってますってばぁ……！」

黒沢が言っていることはなにもかも正しい。

言い返す余地などないほど、彼の言うとおりで、今になって足が震えてくる。……それでも、

「そんなっ、そんなに怒鳴ることないでしょう⁉　私だって、ほんとバカだなあって思って……」

「知らん。帰るぞ」

黒沢は冷淡に背を向ける。

だが一人で帰ってしまうわけではなく、ミチコがついてくるのを待っているようだ。

それに気付いた瞬間、こらえていた涙がぶわっとあふれた。

……限界だ。ずっと目を背《そむ》けてきたが、もう限界だった。

「主任～……、私、やっぱイシャグリーンに騙《だま》されてるんですかねぇ～……」

「だからそう言ってるだろ！」

「え～、なんか私、すごいバカじゃないですかぁ～……」

「ああ、そうだよ。バカだよ」

「う……うう……っ」

うわぁあああん、と子供みたいに声をあげてミチコは泣いた。

（……バカだ）

本当に、どうしようもないくらい。

騙されて、一人で意地を張って……。

あと少しで、取り返しのつかないことになるところだった。

「あ、あと～、さっきの人すごいこわくて～……っ、しゅ、しゅにんが来てくれてよかったです～‼」

「いい加減にしろ、お前は！」

泣きながら、思いの丈《たけ》を打ち明けるミチコを見かねたのか、黒沢が腕を掴んだ。

先ほど、男性客に無理やり手をつながれた時はあんなに嫌だったのに、今は全然気持ち悪くない。

むしろすごくホッとする。

「しゅにん～」

「なんだ！」

手を引かれながら呼べば、黒沢はちゃんと返事をしてくれた。

「さっき～……たすけてって叫んだら主任が飛んできて～……な、なんか～、主任、正義のヒーローみたいでした～」

「ああ、そう!?」

そう、それにびっくりしたのだ。

天敵のくせに、そういうことをしてくるなんてずるい。

バカな自分のもとに颯爽《さっそう》と飛んできて、悪の手から助け出してくれる……。

そういうのに、自分はとても弱いのだ。

そしてミチコは黒沢に連れられ、「喫茶ひまわり」に戻った。

二人きりの店内で、四人がけのテーブルにつかされる。

これからまた怒られるのだろうと覚悟したが、

「百万ある」

黒沢が突然、テーブルに分厚い封筒を置いた。正面の席につき、彼はさらに続ける。

「明日、金を借りたとこ行って、全額返してこい。給料の前貸しだ。これから休みなく働け」

「……いいんですか？」

「反省してるか？」

「し、してます。超してます！」

大きく、何度もうなずく。消費者金融から借りた百万円と厚みも重みも変わらないはずなのに、何倍も重く感じた。

「反省してるならいい。あと、あの怪しいバーもすぐやめろ」

「……はい」

「あとお前、今住んでるところの家賃はちゃんと払えてんのか」

「あっ、いえ、全然……」

「落ち着くまで、ここの二階使っていいぞ。俺は自分の家に帰る」

「えっ、彼女は⁉」

黒沢は以前、晶《あきら》と同棲《どうせい》していたと言っていた。その後喧嘩《けんか》別れして、喫茶店の二階に寝泊まりしていたはずだが、家に帰るということは晶との同棲生活に戻るのだろうか。

そう思ったミチコに、黒沢は表情も変えずに言った。

「あいつは出てった」

「……別れたんですか」

「まあそうだな」

淡々と言われ、ミチコのほうがうなだれる。

「……すみません。そんな大変な時に私、迷惑かけちゃって」

「別に大変じゃないよ。一回、全部白紙にしてリセットしたかったからな」

「主任……」

「人生のリセット。……お前もだ。ここからやりなおせ」

「……はい」

素直にうなずくミチコを見て、黒沢がふっと笑った。

「明日からビシビシしごいて、お前の根性叩《たた》きなおしてやる。覚悟してろ」

「……っ」

不意打ちの笑顔に、心臓がドキリと鳴った。

（……？）

戸惑うミチコにかまわず、話は終わりとばかりに黒沢は立ちあがった。

「なんか食うか？　俺、腹減ってんだよ。食うならついでに作ってやるけど」

「はい……あの、主任が急にやさしくてきもちわるいです」

なんだろう、胸が騒ぐ。

その違和感を振り払うように話題をそらすと、慣れた手つきでカウンター内に入った黒沢が鼻を鳴らした。

「バカな犬を拾っちまったから世話してやってるだけだ。目の前でのたれ死なれたら夢見が悪いだろ」

「……私、犬じゃないですよ」

「ああ、そうだな。犬のほうがよっぽどかわいい」

憎まれ口はいつも通り。

それでもミチコの窮地《きゅうち》を察して駆け付けてくれたし、給料の前借りをさせてくれただけではなく、住むところまで世話してくれるという。

「主任ってホントに謎《なぞ》ですね。一体何者なんすか」

気恥ずかしさから逃げるように呟《つぶや》けば、このところよく見るような得意げな笑顔でかわされた。

「べつに？　フツーの喫茶店のマスターだよ」

それが本当なのかどうなのかはわからない。

ただ黒沢がヒーローのようにミチコを助けてくれたから、おかしなことを思ってしまった。

（もしかして）

──私の心の傷を治してくれるのは、イシャレンジャーじゃなくて、主任なんじゃないか……なんて。

「お待たせ」

目の前に置かれたのは「ＬＯＶＥ♡」と書かれたオムライス。

この店で最初に食べた料理を前に、ミチコの心臓が再び、とくんと鳴った。

【 5 】

――人生のリセット。

その名の通り、最悪だったミチコの生活は一変した。

黒沢《くろさわ》に借りた金で消費者金融に借金を返し、怪しい夜の仕事も辞《や》めた。トイチと言われる違法な高利貸しだったものの、ギリギリ十日以内に返せたため、なんとか一命を取り留めた形だ。

純太《じゅんた》に貸した金はもう戻ってこないだろうが仕方ない。あんなバカなことは二度としないと心に誓う。

人生をリセットし、自分はこれからやりなおすのだ。

「柴田《しばた》！　柴田アアアー‼」

借金を返し終えてから一週間ほどが経《た》っていた。

ぐっすりと眠っていたミチコの耳にどこからか怒声が響く。

怒られているのに、なんだか妙に安心するような……。

「いいかげんに起きろ！　いつまで寝てんだ！」

勢いよくふすまが開き、黒沢が部屋に入ってきた。

まだ寝ぼけながら、ミチコは緩慢《かんまん》に目をこする。

「おあ……今、何時……」

「九時だよ。給料減らすぞ！」

「あれ、目覚まし止まって……って、なんで主任が私ん家《ち》に入ってきてんですか⁉」

ぎょっとして、布団《ふとん》を胸もとまでかき寄せると、黒沢が呆《あき》れたようにため息をついた。

「俺ん家だよ。寝ボケやがって」

「……あ、そっか」

やっとミチコはこの一週間のことを思い出した。

借金を返し終えてからすぐ、ミチコは家賃を滞納《たいのう》していたアパートを引き払って、「喫茶ひまわり」の二階に引っ越してきたのだった。

黒沢が借金返済のための百万円の他にも給料を前借りさせてくれたため、家賃も問題なく払い終えた。

気がかりなことが全てなくなり、久しぶりにぐっすりと眠れたのが昨日のこと。

その安心感で、つい寝過ごしてしまったらしい。

「……なんですか、これ」

慌《あわ》てて着替えて一階に向かい、ミチコは目を丸くした。

カウンターに、朝食が一膳用意されている。

白米に味噌汁。焼き魚に絹豆腐と完璧《かんぺき》な日本の朝食だ。黒沢はもう食事を終えているようなので、これはミチコの分だろうか。

（起きたらできてる朝食……ここは天国か⁉）

ミチコが呆然《ぼうぜん》と立ち尽くしていると、黒沢が怪訝《けげん》そうな顔をした。

「どうした。いらないのか」

「いります！」

急いで席に座りながら、ちらりと黒沢を見た。

（やだな。主任が天使に見える）

ここは天国か、なんて思ったからだろうか。

黒沢の背中に純白の、大きな翼が見える。

「朝ごはんなんて食べるの、一年半以上ぶりです」

両手を合わせて、いただきます、とあいさつし、ミチコは朝食を堪能《たんのう》した。栄養が体の隅々まで行きわたり、ポカポカとしてくる。

「バカだな。朝めしは一番大事なんだぞ」

カウンター内からミチコの食べっぷりを見守っていた黒沢が言った。

「抜きたくて抜いてたんじゃないですよ。節約です」

「飯以外で節約しろ。バカに貢《みつ》いでなかったら、もっといいもの食えただろうが」

「……それもそうですね。もったいないことをしました」

かえすがえすも、黒沢の言うとおりだ。

しゅんと肩を落とすと、黒沢が目を瞬《しばたた》いた。

「反省してるみたいだな」

「そりゃあしますよ。借金はもうコリゴリです」

「借金をするかどうかの問題以前に、柴田はもうちょっと男を見る目を養え。顔だけで惚《ほ》れるから、あんなことになるんだ」

「……はい」

「なんだ、珍しく素直だな」

「なにも言い返せないですよ。主任にはお金も借りちゃってるし」

普通は、前の会社の部下、というつながりだけの人間に大金は貸さないだろう。

黒沢には感謝しても、し足りない。

……だからだろうか。なんだか普段の調子が出ない。この可愛《かわい》げのない自分が、黒沢に憎まれ口一つ叩《たた》けないなんて。

自分でもわからない感覚にミチコが戸惑っていると、不意に黒沢がにやりと笑った。

「ふぅん、なるほど。なら今日からお前は俺の下僕《げぼく》ってわけだな」

「な……っ、下僕ってなんすか。調子乗んないでくださいよ！」

「文句あるなら、今すぐ金を返してもらおうか」

「う……申し訳ございません！」

「よし、なら買い出し行ってこい」

「了解いたしました！」

朝食後、すぐにミチコは喫茶店から出された。

黒沢が天使に見えたなんて、完全な勘違いだった。

（前言撤回。やっぱり主任は悪魔だ！）

ただでさえ立場が弱いのに、金まで借りてしまった自分を呪《のろ》う。

とはいえ、世話になっていることには変わりがない。自分に今できるのは喫茶店でバリバリ働きながら就職活動も成功させ、黒沢に金を返すこと。

だが、改めて考えてみると、その難しさにめまいを覚える。

（百万以上って、何年かかるのかね……。まず簡単に職が見つからないでしょ）

金を返し終えるまで、自分は彼の下僕ということだろうか。

(絶対やだー‼)

ミチコが脳内で悲鳴をあげた時だった。

「あっ」

カジュアルな私服を着た晶《あきら》が正面から歩いてきた。

一般的な会社の出勤時間はもう過ぎているはずだが、晶ならミチコと違い、無職ということもないだろう。

デザイナーやアパレル関係か、時間に囚《とら》われない仕事をしているのかもしれない。

「あ、主任の彼女……じゃなかったですね、もう」

あれこれ考えていたせいで、うっかり思いやりのないことを言ってしまった。

案の定、晶に嫌そうに睨まれる。

「なんなの、あんた。いきなり傷口を抉《えぐ》るのやめてよ」

「すみません。このたびはご愁傷《しゅうしょう》様でした」

「いーえーどういたしまして?」

どうやら口で言うほど落ち込んでいるわけではなさそうだ。

「あんたはこんなとこでなにしてるの? バイトは?」

いた。


「買い出し中でございます」

「あそ。ちょうどよかった。これ、黒沢くんに返しといてくれない?」

話のついでのように、晶から一本の鍵《かぎ》を渡された。

形状からして、家のドア用だ。黒沢と同棲《どうせい》していた家の鍵だろうとミチコにも察しがついた。

「自分で返さなくていいんですか?」

「んー、そうしようと思ったんだけど、会ったらまた、言いたいことがぽろぽろ出てきそうでさ。……だからやめとく。あんたに頼む」

「はぁ」

なにか言葉をかけたかったが、なにも思いつかない。気遣《きづか》わしげなミチコの気配を察したのか、晶はさりげなく話題を変えた。

「あんたはどうなったの? 前に飲んだ時、大学生に貢いでるって言ってたじゃん」

「ああ……それが……」

そういえばあの時、泣いて飲んだくれる晶にミチコも自分の失敗談を話したのだった。

あれは確か、一度純太のメールを無視したら、連絡が途絶え時期だっただろうか。あのあと、借金騒ぎに発展したことは晶には話していなかった。

もう終わったことだし、ミチコは笑い話のつもりだったが、

「バカじゃねぇの⁉　借金百万⁉」

話を聞いた晶が叫んだ。未知の生物を見たように愕然《がくぜん》としているが、同じような表情を以前、とある男にもされた気がする。

「わー、主任と同じこと言う。さすが元カノー」

「やかましい！　騙《だま》されてたんなら、取り返してきなよ！」

これまた黒沢と同じことを言う。

ただ黒沢相手には意地を張ってしまうミチコも、晶相手だと不思議と反発しなかった。彼女のあけすけな性格がそうさせるのだろうか。

「いや、それもなんか可哀想《かわいそう》じゃないですか」

「ハァ⁉」

「ここは騙されたふりをして、そっと忘れてあげるのが大人の女かなって。結局自業自得《じごうじとく》なんで、自分でまた稼いで取り戻しますよ」

「な……」

晶は一瞬ぽかんとしたが、次の瞬間、持っていたバッグでミチコを殴りつけた。ガスッと容赦《ようしゃ》のない音がする。

「あだっ。な、なにすんですか！」

「なに寝ボケたこと言ってんの⁉　そーいうバカは一度痛い目見せてやんないといけないの！　あんたみたいな被害者がどんどん増えるだけでしょうが！」

「はっ、それもそうだ」

「でしょ⁉　これ以上被害を出さないためにも、ちゃんとお金を取り返して、ビシっと叱《しか》ってやんな！　それが大人の女だよ！」

「な、なるほど……」

こくこくとうなずくミチコに、晶は指を突きつける。

「今日の夜、そのバカ呼び出せ」

「えっ」

「あたしも暇だからついてってあげる」

「まじすか、ねえさん！」

現金にも、うっかり「ねえさん」呼ばわりしてしまった。気分は極道の妻につき従うダメな舎弟《しやてい》その一、だ。

晶も乗り気で携帯電話を取り出す。

「あたしのメアド教えとくわ。あとで連絡して」

「ハイ！」

「なんだったら、店の強面《こわもて》の男一人連れてきなよ。そういうのがいれば完璧」

「おお……！　頼んでみようかな」

そういうことなら、テリーたちはうってつけだ。

言われるがままに連絡先を交換しつつ、ミチコは改めて晶を見た。実際に会ったのは今日が二度目で、まだ彼女のことを十分に知っているとは言えないが、

「晶さん……いい人ですね。意外と」

「意外と、は余計だよ」

「こんないい人を振るなんて、主任バカですね」

一瞬言葉に詰まった晶は、すぐに複雑な顔で笑った。

「あのバカにそう言っておいて」

それきり、晶は片手をあげて颯爽《さっそう》と去っていった。

晶のような女性が彼女なら、文句の付け所がないとミチコは思う。女の自分から見ても、すごく魅力的なのに、黒沢はなぜ、ダメだったのだろう。

去っていく晶の背中を見ながら、ミチコは妙に気になった。

買い出しを終えて喫茶店に帰ると、ミチコは晶から預かった鍵を差し出した。

経緯《いきさつ》を聞いた黒沢が唖然《あぜん》とする。

「お前はまた、なんで会っちゃうんだよ！」

「知りませんよ。彼女に聞いてください。……あと、今日、イシャグリーンからお金取り返してきます」

「お前にそんなことできんの」

疑り深そうな黒沢にうなずく。

「晶さんに手伝ってもらいます」

「なら大丈夫だな」

「へー、信頼してるんですね」

「皿割る女だぞ。戦闘力なら、その辺のバカ大学生には負けないはずだ」

「確かに。……主任は大丈夫なんですか。そんな貴重な戦力を失って」

ちょっと黙ったあと、黒沢は静かに笑った。

「かなりの痛手には違いないな」

その日に一瞬、後悔や罪悪感のようなものがよぎった気がした。

……晶が嫌いになったわけではない。それでももう一緒にはいられない。

そんな気持ちが伝わってくる。

(私は、私のやったバカをちゃんと取り返して、人生をリセットする……)

もう二度とあんなことを繰り返さないように、今日で全てを清算するのだ。

なら、黒沢は晶と別れ、なにをリセットしたのだろう。

気になったが聞けるほど近い間柄ではない。

内心でもどかしさを感じつつ、ミチコは黒沢の横顔を見つめた。


その夜、ミチコはいつも使っていたファミレスに純太を呼び出した。

現れた彼はいつも通りの、ふわふわとした明るい空気をまとっている。両親が病《やまい》に臥《ふ》せって悲しんでいるようには見えない。

「ミチコさん、その人は誰?」

六人がけの席に近づくなり、純太は不思議そうに首をかしげた。

ミチコの隣で行儀悪く頬杖《ほおづえ》をついていた晶が、悪い顔でニタリと笑う。

「どぉもー、柴田サンのお友達でーす」

「ああ、ハイ……それで、ミチコさん、大事な話って?」

「うん、あのね」

正面の席に座った純太を見つめ、ミチコはテーブルの上で両手を組んだ。

緊張のあまり、手に汗がにじむ。隣に晶がいてくれてよかった、と心から思った。

「お金を、返してほしいんだ」

「なんで……？　あれがないと、お母さんの病気……」

「嘘でしょう、全部」

「そんな……オレ、嘘なんか……」

みるみるうちに、純太の目に涙が浮かんだ。

傷ついた哀しそうな泣き顔に、ミチコの決心が揺らぐ。

この涙は多分、全部嘘だろう。でも、泣いている彼をこれ以上責めることなんて……。

「純太く……」

「おい、大人ナメてんじゃねぇぞ？」

その時、ドン、と晶が拳《こぶし》でテーブルを殴《なぐ》った。

彼女の迫力に、純太がびくりと肩を揺らす。

「出るとこ出たら、困んのはお前のほうだ、このガキんちょめ！　正直に言いな。嘘なんでしょう？」

「ミ、ミチコさぁん……」

晶を相手にするのは分《ぶ》が悪いと判断したのか、純太はミチコに狙いを定めてくる。潤《うる》んだ瞳に、ミチコが再びひるんだ時だ。

「柴田さん、すみません。遅くなりました」

ぬうっとテリーが店内に入ってきた。

相変わらず屈強《くっきょう》で、目つきも悪い。金髪のオールバックで、地を這《は》うような低い声も迫力満点だ。

「ヒッ⁉」

ひきつった悲鳴をあげる純太を見据《みす》え、テリーがミチコの隣に座った。

晶も相変わらず、頬杖をついたまま純太を凝視《ぎょうし》している。

二人に勇気をもらえた気がして、ミチコは改めて純太に尋《たず》ねた。

「嘘、ついたよね」

「……ハイ」

「お金返してほしい」

「……ハイ。あの、まだ手は付けてないんで……今すぐ持ってきます」

今度は言い訳一つしなかった。

あの涙はなんだったのか、と呆れるほどあっさりと、純太は自分の罪を認めたのだった――。


小一時間後、純太は逃げることなく、百万円の入った封筒を持ってきた。

ずっと愛嬌《あいきよう》とこまめなメールのやり取りだけで、女性から金品を受け取ってきたのだろう。自分の武器が通じない相手が出てきた場合、逃げる勇気もなかったようだ。

「嘘みたい。ほんとにお金が戻ってくるなんて……！」

そそくさと去っていく純太を見送り、ファミレスを出たミチコは感激で震えた。

街灯《まちあか》りが輝いていて、すっかり夜だ。

「じゃあ俺、仕事あるんで、これで」

「ありがとうございました！」

きびすを返すテリーに、ミチコは深々と頭をさげた。この一件のために時間を作ってくれた彼には感謝しかない。

「晶さんもありがとうございました」

二人きりになり、ミチコは晶にも深く礼をした。

さばさばとした態度で、晶が手を振る。

「あたしは別になんもしてないけどね」

「いえ、たぶん一人だったらまた流されてたんで……。隣にいてもらえるだけで助かりました」

「ほんとバカだね、あんた。次はちゃんとした人見つけなよ」

晶はここでも黒沢と同じようなことを言う。

なにしてんだバカ、もっと男を見る目を養え、と彼にも何度も言われた。忠告を聞かずに意地を張り、バカなことをくり返すミチコを見捨てることなく根気よく。

「晶さん、この前言ってたこと、私、ちょっとだけわかった気がします」

「なんか言ったっけ？」

きょとんとする晶に、ミチコは淡く苦笑した。

「主任がやさしい人だって。……主任がいなかったら私、今頃はぼったくりバーのお客に食べられた挙句、借金地獄でした」

改めて、少し前の自分の状況を口にするとゾッとする。一つでも選択を間違っていたら、自分は今あるものをすべて失っていたのだ。

「わー‼　こえーっ、助かったー‼」

「でしょ？　黒沢くんは私が好きになった人だもん。いい人で当然！」

「晶さん……」

「すっきりしたねー、帰っか！」

晶は誇らしそうに笑った。その笑顔に目が引きつけられる。

「いいですね。私もいつか胸張って、好きな人を好きだって言えるようになりたいです」

「言えたことないの？」

「ないですね。いつもこんな感じで貢ぐだけ貢いで、実は騙されてただけっていう」

二人して、夜の街を歩く。

話しながら深く肩を落とすと、晶がからからと笑い飛ばした。

「ほんとに男見る目がないんだねー。それなら黒沢くんにしときな。間違いないから」

「はー!?　やですよ！」

「なんで？　いい人ってわかったでしょ」

「それとこれは別物ですよ」

「いーじゃん。おもしろいから落としてみてよ。結局あたしが落とせなかった黒沢くんをさ」

なんとなくからかわれている気配を感じ、ミチコは肩をすくめた。

「一回落とせたんだからいいじゃないですか」

「落とせてないよ。黒沢くんはあたしのこと、ほんとは好きじゃなかったんだよ。多分」

「どういうことですか」

「……黒沢くんには、他に好きな女《ひと》がいるからさ」

とっさに言葉をなくしたミチコに、晶は言った。

「あたし、今回黒沢くんにフラれたので三回目なんだ」

「は!?」

「二回目にフラれた時、二番目でもいいからって食い下がってやっと付き合ってもらってさ。黒沢くんはやさしいから、こんなに長く一緒にいてくれたけど、やっぱだめだったみたい」

「え……じゃあ、主任の好きな人って誰なんですか」

「言いたくもねぇよ。腹立たしい」

「……」

優しくて頼りがいのある年上の女性、が一瞬で、キレたら皿を割る女になった。

(まあ、七、八年付き合ってたって言ってたし)

それだけ長く一緒にいたのに、ずっと二番目だったならば、一番目の名前を口にしたくないのも当然かもしれない。

「フッ、でもあんたが黒沢くんを落としたら笑うな」

晶は懲《こ》りずに話を蒸《む》し返す。

「落としませんって」

「いいよ。あんたになら黒沢くんあげても」

「いりませんって！」

「遠慮すんなって」

「してません！」

二人して漫才のような掛け合いをしながら、のんびりと帰途についた。

百万円という大金が戻ってきたことで、驚くほど心が軽い。晶やテリーに助けられ、やっと前に進めた気がした。

それもこれも、もとをただせば彼女たちと引きあわせてくれた黒沢のおかげだろうか。

そう思うと、あらためて感謝の念を抱く。

……落とすかどうかという話とは別物だが。

＊　＊　＊

「おはよーございます」

翌朝、目覚ましが鳴る前にミチコは目を覚ました。

一階に降りていくと、黒沢はすでに出勤していて、朝食を作り終えていた。自分の家から通っているというのに、ミチコの起床時間よりも早いとは。

「今日は早いな。飯できてるぞ」

「……はい、いただきます」

エプロン姿の黒沢に促《うなが》されて席に着く。

今日も目の前でおいしそうな朝食が湯気を立てていた。

……なんだろう、このよくできた同棲シチュエーションみたいな展開は。

「主任、何時にここに来てんですか？」

「五時。仕込みとかあるから忙しいんだよ」

「うぇ!?　がんばりやさんですね!!」

「……もうちょっと別の褒《ほ》め方はないのか」

「お前はがんばりやさんだねぇ」

「そういうことじゃねぇよ」

言い方の問題だと思って、母親っぽく褒めてみたが、間違ったようだ。

呆れ顔の黒沢に、ミチコはしゅんと肩を落とした。

「すみません。私が居座ってるせいで、わざわざ出勤させちゃって」

「別に。通勤したほうが、運動できていい」

黒沢はなんでもないことのように言う。

(意外……でもないか)

思い返してみれば、前の会社にいた時も黒沢はミチコがミスした時こそ怒鳴るものの、終わったあとまでねちねちと責めることはなかった。

そういうことに当時は気づかなかった。

この喫茶店で雇《やと》ってもらわなければ、今も知らないままだっただろう。

「……主任、これ。お金返します」

ミチコは持っていた分厚い封筒を、黒沢に差し出した。昨日、純太から取り返した百万円がそのまま入っている。

受け取り、黒沢がうなずいた。

「ああ。テリーも行ったんだってな」

「ハイ、色々とご迷惑をおかけしました」

「よし、いい子だ」

突然、黒沢がミチコの頭をくしゃりと撫《な》でた。

大きな温かい手のひらに、思わずミチコは息が詰まる。

「は……はァ？　なんですか、今のっ」

「バカ犬を褒めてやったんだよ」

にやりと笑う黒沢を見て、急に心臓が騒がしくなった気がした。今の行為に特別な意味はないとわかっているけれど。

「だ、誰がバカ犬!?　もうちょっと他の褒め方はないのか！」

「おはよーございやす！」

ミチコがなんとか言い返した時、テリーたちが出勤してきた。まだ文句を言い足りないミチコを無視し、黒沢はさっさとそちらに目を向けてしまう。

「おー、おまえら、今日の夜はヒマか？」

「ヒマっす！」

「柴田は」

「ヒマっすわ！」

「ふーん、じゃあ今日の夜は焼き肉でも食いに行くか。親睦会《しんぼくかい》も兼ねて、一回みんなで飲もう。俺のおごりで」

ミチコが返したばかりの封筒を手に、黒沢が笑う。

それを聞いた瞬間、先ほどの動揺が吹き飛んだ。

「焼き肉ー‼」

立ち上がって快哉を叫ぶ。

肉を焼く、と書いて焼き肉。

焼いた肉を提供するのが焼き肉店。

そんな天国のような場所に、ミチコたちを連れていってくれるとは……。

(やっぱり主任は天使だ!)


その夜、ミチコたちはそろって焼き肉店に来た。

「かんぱーい!」

ビールジョッキをぶつけあい、親睦会がはじまる。

タン塩、カルビ、ハラミ、上ミノ……。

運ばれてくる肉を、次から次に焼いていく。

「おいしい……お肉おいしい」

「泣くなよ」

感動して涙ぐむミチコに、正面から黒沢が呆れて声をかけてくる。

どんどん焼きますよ、とパンチパーマ男が一切を取り仕切ってくれるおかげで、ミチコはひたすら食べることに専念できた。

「やー、お肉って神様の食べ物ですよ。……そういえば、主任と飲むのは初めてですね」

肉を食べながら、ふと思う。

「そうだっけ？」

「前の会社の飲み会とか、全然来なかったじゃないですか」

「我慢《がまん》して一回行って、もう懲《こ》りたんだよ。上司に対する愚痴《ぐち》とゴマすりと自分の自慢ばっかの、あの飲み会」

「確かにそんな感じでしたね……。ホントに会社、イヤだったんですね」

「ああ、辞《や》めてよかった。すっきりした。……すみません、肉追加で」

しみじみと言いつつ、黒沢は肉を追加注文する。

同時にビールジョッキをぐいと一飲み。すでにジョッキの中身は半分に減っているが、顔色に変化は見られない。

「主任って酔うとどうなるんですか?」

ふと気になり、ミチコは自分の隣に座っているテリーに尋ねた。

「あんまり酔わないっスね。酒強いっス」

「なんだ、つまんない」

「ああ、でも……たまに調子悪いと、酔って寝ます」

「へぇ」

そんなことがあるのかと思ったが、今日の黒沢は不調そうには見えなかった。

酔っぱらった黒沢をちょっと見てみたかったけれど、

(ちょっと残念)

ミチコがそんなことを考えてから、三十分ほどが経《た》っただろうか。

「……爆睡《ばくすい》じゃないですか」

ミチコの前には完全に酔いつぶれ、テーブルに突っ伏している黒沢がいた。まるで自分の家のようにぐっすりと眠っている。

「ヤダー、久しぶりに見た。カワイー」

「写メとろっ」

パンチパーマと角刈りがきゃっきゃとはしゃいでいる。

周りでそんな風に騒がれているのに、それでも黒沢が起きる気配はない。

「……調子悪かったんですかね」

黒沢の寝顔を観察しつつ、ミチコはテリーに尋ねた。

「わからないスね。黒沢さん、そういうの表に出さないっスから」

「へぇ……どうします、これ？」

「お金はもう払ってくれてるみたいなんで、俺が店までおぶって帰ります」

「店？」

「黒沢さんの家より、そっちのほうが近いっスから」

「ああ……そうですね」

確かにテリーの言うとおりだ。ただ、

（主任が店で寝るなら……私はどこで寝ればいいのカナ……？）

それだけが、どうしても気になってしまう。


その後、黒沢を背負ったテリーとともに、ミチコは「喫茶ひまわり」に戻った。

「いいんですか、ベッド使っちゃって」

二階にある部屋のベッドに黒沢を寝かせ、テリーが尋ねる。

「ハイ、予備の布団《ふとん》があるみたいなんで、私は床で平気です」

「そうですか。……あ、大丈夫っスよ。黒沢さんは寝てますし、起きてても、なにかするような人ではないっス」

「いやっ。まあ、そ、そうですよね」

一瞬心を読まれたのかと思ってミチコは焦った。

黒沢になにかをされるとは自分も考えていない。

ただこのモテない二十九年間の中で、初めて「異性と同じ部屋で寝る」というイベントが発生し、どうしたらいいのか分からないだけだ。

「じゃあ俺はここで」

「あ、ハイ」

朝まで一緒にいてほしいとは言えなかった。そこまで迷惑はかけられない。

帰っていくテリーを見送り、ミチコはとりあえず風呂に入り、焼き肉店の匂《にお》いを落とすことにした。

「お、お風呂いただきましたー……」

心もち長めにバスルームにこもり、ミチコは恐る恐る二階に戻った。

ふすまを開けてみると、黒沢は相変わらず熟睡している。

（まだ寝てる……よかった）

できればこのまま、朝まで寝ていてほしい。

そう願いつつ、運んできた布団を床に敷き、改めて黒沢に目を向けた。

「……」

本当によく寝ている。

かすかな寝息が聞こえる以外、黒沢は身じろぎもしない。

（前に晶さんが言ってたっけ）

黒沢くんには他に好きな女がいる、と。

誰なのだろう。黒沢自身が以前「晶と別れ、人生をリセットする」と言っていたのは、その辺の事情が絡《から》んでいるのだろうか。

酒に酔って寝ている姿を見てしまうと、うまくリセットできたとも思えない。彼はまだ、なにかを変えたくて苦しんでいるのだろうか。

（てか、メガネくらい取ってやった方がいいな）

黒沢の寝顔を見つめていて、ふと思う。

眼鏡《めがね》のツルが顔に若干《じゃっかん》食い込んでいて痛そうだ。

ミチコは黒沢に近づき、そっと彼の顔から眼鏡をはずした。と、その時、

「あ、すみません。起こしました？」

ぱちっと黒沢が目を覚ました。

寝ぼけているのか、反応は鈍《にぶ》い。

彼は寝たまま視線をさまよわせ、ふとミチコに目を止めた。

「……春子《はるこ》」

「……？　ちがいます。私、しば……」

眼鏡がなくて、ミチコの顔がよく見えないのだろう。

否定しようとしたが、それより早く、スッと伸びてきた黒沢の手が、ミチコの髪に触れた。

以前、犬を褒めるように頭をかきまわされた時とは違う。

壊れ物を扱うように、やさしく髪を撫でられた。

「えっ、あの、しゅに……」

それどころか、そのまま頭を引き寄せられる。

わけもわからず混乱している間に、どんどん端整な顔が近づいてきて、

——黒沢に、キスされた。

それでも黒沢は目を覚まさない。

その瞬間、ミチコは黒沢を突き飛ばして、後ずさった。

「……ッ！」

「～～～……」

急に消えた「相手」の感触を惜《お》しむように手をさまよわせ……黒沢は再び眠りについた。

「……ッ!!」

すうすうと軽い寝息が聞こえてくる中、ミチコだけが取り残される。

ほんの一、二秒のことだったが、時間は関係ない。

やさしくも強引に押し当てられた唇《くちびる》の感触。

わずかに伝わってくる熱い吐息。

そんなアレコレがまだ唇に残っている。

（えっ、え……はあ!?）

ミチコは混乱し、壁際でへたりこんだ。

【 6 】

長い夜が明け、朝になった。

ミチコは一睡もできないまま、部屋の隅で毛布をかぶって朝を迎えた。

時計はそろそろ五時を回り、ブラインド越しの空気が和《やわ》らぎだす。

「ん……」

その時、ぐっすりと眠っていた黒沢が目を覚ました。

枕元に置いておいた眼鏡をかけて周囲を見回し、壁際で毛布をかぶったミチコを見つけて、びくりと身じろぎをする。

「……おはよう、ございます」

目があったため、ミチコは仕方なく挨拶《あいさつ》をした。

「……おはよう」

まだ状況が把握《はあく》できていないのか、黒沢は怪訝《けげん》そうな顔をする。

その表情から察するに、昨日のことはなにも覚えていないようだ。

(別にね)

ミチコももう立派な大人なのだから、あんなことくらいで動揺はしない。

たかが酔っ払いに唇を奪われたことくらいで。

……でも、

「悪かったな」

突然、視界に影が落ち、ミチコはハッと我《われ》に返った。

視線をあげると、真正面に黒沢の顔がある。

「ぬあっ！　なっ、なっ、なんですか、近い！」

大きくのけぞったところで、ようやく目の前の状況に気づいた。

（あれ？）

つい先ほどまで二階の部屋で毛布をかぶっていたはずなのに、ミチコはいつの間にか一階の喫茶店で、椅子に座っていた。

寝間着から私服に着替えている上、目の前のテーブルには二膳《ぜん》の朝食が並んでいる。

時間も一時間ほど経《た》っていて、時計は六時を回っていたが、ここまでの記憶が一切ない。

混乱しつつ、椅子ごと後ずさると、黒沢が不審そうな顔をする。

「お前が人の話聞かないからだろ。昨日は寝床を占拠して悪かったっつってんだよ」

「ああ、ハイ。いいですよ、それは別に」

「俺、昨日どうやって帰ってきた？」

「テリーさんがおぶって……」

「マジか。あいつにも悪いことしたな」

「主任、なんにも覚えてないんですか？」

「うん」

「……なんにも？」

「うん、俺、なんかした？」

さらりと聞き返されると言葉に詰まる。

黒沢が覚えてないなら、自分から蒸《む》し返すわけにもいかないではないか。

「……なんにもしてないですよ」

「なんだよ、今の間は」

「卵焼きを奪うタイミングを計ってたんです」

すかさず黒沢の膳から卵焼きをかすめ取る。

「あっ、とんでもなくうまいからって、人のまで取んなよ」

「自分で言いますかね。……うまいですけど」

それきり沈黙が落ちる。

向かい合って食事をしつつ、ミチコは意を決して口を開いた。

「主任」

「なに」

「春子《はるこ》って誰ですか」

その瞬間、グラスの水を飲んでいた黒沢が盛大に吹き出した。

「……は？」

口をぬぐいながら冷静さを装っているが、動揺しているのがバレバレだ。

「寝ぼけて言ってました。春子って」

「……知らねえよ。聞き間違いだろ。卵とか、大根とか」

「え〰〰」

「そんなことよりお前はもうちょっと身だしなみに気をつかえ。今朝のパジャマ、よれよれで毛玉だらけだろ。女としてどうなんだ、アレは」

「はあぁ⁉　そんなの主任は関係ない……ってか、見たんですか⁉」

「見たくなくても、見えたんだからしょうがない」

「変態‼」

ミチコは思わず立ち上がって抗議した。

（っていうか、話題そらしたな、このやろう）

恥ずかしさで赤面しつつ、ミチコは黒沢を睨んだ。

そもそも「春子」と「卵」を聞き間違えるわけがない。卵、と寝言を言いながら「誰か」を引き寄せてキスする人などいないだろうに。

（主任には好きな人がいるって……）

昨夜と同じく、晶の言葉が脳裏《のうり》をよぎる。

黒沢はその「誰か」とミチコを間違えたのではないだろうか。

（まあいいや、私には関係ない。忘れよ）

必死で自分にそう言い聞かせ、食事を終える。

ミチコはエプロンをつけ、店の玄関周りの掃除をするために、箒《ほうき》を持って外に出た。

「……」

いつもと同じ、慣れた仕事。

だからこそ集中力が欠け、また昨夜のことを思い出す。

やさしくも力強く引き寄せられた熱い手のひらを。

思いを伝えるように押し当てられた、唇の感触を。

（主任ってあんなふうにキスするんだ）

無意識に自分の唇を指でなぞったところで、ミチコはハッと我に返った。

（この！　バカ！　これだからモテない女は！）

あれは事故だ。それだけだ。

いつまでもあんなものに囚《とら》われていたら危ない。……色々な意味で。

（早く身を立てなおして、ここを出よう）

よく晴れた朝の店先でミチコは誓った。

確かに今のすみかは居心地がいい。家賃はいらないし、食事はついているし、言うことなしだ。

（いやしかし……）

それとこれとは別問題。

昨夜のようなアクシデントがまた起きたら、正直身が持たない。

店先を箒で掃きながら、ミチコが今後のことを考えていた時だった。

「柴《しば》っちせんぱぁ〜い」

聞きなれた女性の、間延びした声がした。

店の表に面した小道を、よく知る女性が歩いてくる。

「ふじもっちゃん！」

「もう藤本《ふじもと》じゃないっスー。酒井《さかい》っスー」

前の会社の後輩、藤本がVサインを作った。

こぎれいな半袖シャツとスカート姿だが、会社に行くような恰好ではない。前回会った時、新しい仕事は探さず、このまま来月に結婚すると言っていたが、

「来てくれたんだー、ありがとう！　てかもう入籍したの？」

「はぁい、これっス」

「うわー‼」

左手の薬指に光る指輪の存在感に、ミチコは思わず歓声をあげた。

「いいなあ……いいねえ」

「柴っち先輩は元気なんスかぁ？　黒沢主任のとこにいるって聞いて、びっくりしましたぁ。柴っち先輩、主任のこと苦手じゃなかったスかぁ？」

「あー……えへへ。まあとにかく、入って入って」

笑ってはぐらかしつつ、ミチコは藤本の手を引いた。

「お客様一名様入りまーす」

「黒沢主任、お久しぶりでぇーす」

カランコロンとベルを鳴らして店に入ると、顔をあげた黒沢が目を瞬《しばたた》いた。

「藤本」

「もう藤本じゃないっスー。酒井っスー」

先ほどと同じやり取りをする藤本をカウンター席に案内する。二人きりだとどうしても黒沢を意識してしまうので、藤本が来てくれて助かった。

ホッとしつつ、ミチコは水を入れたグラスとおしぼりを藤本の前に置いた。

その間、黒沢も藤本からざっと近況を聞いたらしい。

「へぇ、結婚すんのか」

「はぁい。つか黒沢主任、エプロンきもちわるいっスねー」

「そりゃどうも。ここのことは柴田に聞いたのか？」

「そーっス、結婚式の招待状を送りたかったんで住所聞いたら、今、住所不定無職だって言われて、ここを教えられてぇー」

「住所不定無職……。確かにそうだな……」

しみじみと二人にため息をつかれると、当事者のミチコは立つ瀬がない。

「いや〜、いろいろ事情があってね」

「柴っち先輩、貢《みつ》ぎすぎて、とうとう借金でもしたんスかぁ？」

「なんでわかったの!?」

「いつかやるんじゃないかって心配してましたぁ」

「お前、後輩にまで心配させんなよ」

黒沢の冷めた視線が痛い。

頬《ほお》を掻《か》きながらごまかすミチコにため息をつきつつ、黒沢は藤本に言った。

「まあ、急に会社が潰《つぶ》れて、ろくに挨拶もできないまま全員ばらばらになったからな。会えてよかったよ。結婚決まってよかったな」

「はぁい。あたしは倒産したから結婚が決まったんで、会社潰れてくれてよかったっスよぉ」

「そうだな、俺もだ」

「ちょっとー！　私はよくなかったですよ！」

満足している二人に、ミチコは慌てて抗議する。

自分は予定がくるいっぱなしだ。散々な目にあって、色々なことを間違えて……黒沢のおかげでなんとか踏みとどまれてはいるが、「二十九歳、フリーター、独身、金なし、彼氏なし、色気なし」の状況は変わっていない。

「会社潰れてから、すごいピンチなんだから」

「柴っち先輩、ピンチはチャンスですよぉ」

「ピンチが大ピンチになってるんすけど」

「あははは、がんばってくださぁい」

「……頑張ってるよ、一応」

この軽いノリが藤本らしい。

深刻に同情されるよりは、明るく笑い飛ばされた方がミチコもまだ救われる。

「先輩、なにがおいしいんスか、ここぉ～。あたし、おなかすいてんですよぉ～」

「あっ、オムライス食べて！　きもちわるいから！」

「きもちわるいって言うな」

すかさず黒沢からツッコミが飛んでくる。

それでも彼は手際よく準備に取り掛かり、ミチコは他に客がいないのをいいことに、藤本との会話に花を咲かせた。


「今日はありがとね。わざわざ来てくれて」

食事を終えた藤本を見送り、ミチコも店の外に出た。

話せたのは一時間ほどだが、藤本が会いに来てくれて嬉しかった。

「柴っち先輩も元気そうでよかったっス。あ、これ結婚式の招待状とおまけで」

「おまけ？」

招待状とともに渡された二枚のチケットに、ミチコは目を丸くした。

「旦那《だんな》が映画館勤務なんで、無料券がもらえるんスよぉ。よければどーぞ」

「へー、ありがとー」

「今度、まともな男見つけたら、一緒に行ってくださぁい」

「……がんばるよ」

若干《じゃっかん》声のトーンが低くなる。

まともな男なんてどこを探せばいいのだろう。

「足りなかったらいつでも言ってくださぁい。いっぱいあるんでー。じゃ」

ひらりと手を振り、駅のほうに歩いていく藤本を見送りかけ……ミチコは「あっ」と声をあげた。

「大事なこと言い忘れてた！　結婚おめでとう！」

ミチコが声を張り上げると、振り返った藤本が嬉しそうにVサインをする。全身から幸せオーラがあふれているのが見えるようだ。

（いいなあ……幸せそう）

藤本の背中を見送り、胸中で呟《つぶや》く。

後輩のめでたい出来事は素直に嬉しいし、同時にかなり羨《うらや》ましかった。

（まずはまともな男を探さないと……）

結婚式の招待状を見つめながら、とあることをやっと決意する。

服のポケットから携帯電話を取り出し、アドレス帳を開く。そして今までなんとなく消せずにいた純太の連絡先を選び……消去した。

「よし、終了！」

これでやっと「人生のリセット」完了だ。

今度はちゃんと恋をして、ちゃんと幸せになりたい……。

気合を入れなおして、喫茶店に戻ろうとし、

「……ッ」

不意打ちで、昨夜のキスが頭によみがえった。

「もー!!　このやろう!!」

ミチコは両手を振り回し、脳裏の映像を振り払う。

それでも頰《ほお》が熱かった。まるで風邪《かぜ》をひいたみたいに、ぼうっとする。

（ちゃんとした恋って、なんだ）

そんなこともわからない自分に呆れてしまう。

ただ、一つだけ、確かなことがあった。

……黒沢は覚えてもいないキス。

そんなものにいちいち振り回されてはいけない。

（しっかりしよ……）

きゅっと拳を握って自分に言い聞かせ、ミチコは「喫茶ひまわり」のドアを開けた。

＊　＊　＊

翌朝、ミチコは慌てて飛び起きた。

時計は出勤時間の九時を回っている。また目覚ましが鳴らなかったらしい。

「すみません、寝坊しました！」

髪を梳《と》かす余裕もなく、とにかく一階に駆け下りると、テリーたちが振り向いた。

「あら、おはよう♡」

パンチパーマと角刈りがにこやかに挨拶してくれる。

だが、怒声は飛んでこない。

店内を見回すと、黒沢の姿がなかった。

「えっ、主任は？」

「それが、まだ来てないんス」

テリーが言った時、タイミングよく黒沢が店に駆けこんできた。

「……悪い、寝坊した！」

息を切らし、必死の形相《ぎょうそう》だ。

「黒沢さん、お疲れなんじゃないスか」

心配そうなテリーに、黒沢は軽く手を振った。

「んなことねぇよ。俺だって、たまには寝坊するよ」

「おとといの親睦会《しんぼくかい》でも酔ってましたし」

「あれは飲みすぎたんだよ」

「ジョッキ一杯ですよ」

「……そうだっけ？」

「たまには休んで息抜きしたほうが」

「大丈夫だって。お前は心配しすぎ」

黒沢はあくまでも問題ないと言い張るが、そのかたくなさがむしろ不自然に見える。

（そういえば主任、調子悪いと酔うって言ってたし）

いつも平然としていたので、うっかりしていた。

会社を辞めて喫茶店をはじめるだけでも相当なエネルギーを使うだろうに、黒沢は彼女とも別れているのだ。疲れるのも当然だろう。

「お店に定休日を作ったらどうですか？　年中無休なんて張り切らないで」

ミチコもテリーに便乗して提案してみる。

だが、黒沢は取りつく島もない。

「いいんだよ。休んだってやることないし」

「えっ、主任、無趣味ですか」

「別にこれといって趣味はない」

本当だろうか。定休日を作らないための言い訳にも聞こえる。

「あるでしょ、なんか。読書とかカラオケとか音楽鑑賞とか」

「ない。……ああ、しいて言うなら、たまに映画を観るかな」

「だったら映画を観に行ってくださいよ！　昨日、ふじもっちゃんにタダ券もらったんです。なんでも観られるやつ」

「へー」

「まともな男探して観に行けって言われたんですけど、そんなの探してたら期限切れちゃうんで、主任に譲りますよ」

藤本にはあとで事情を話しておこう。彼女なら許してくれるに違いない。

説得を続けるミチコに、黒沢はようやく考える気になったらしい。

「……まあ、そうだな。たまには息抜きも必要か。なら今日、店閉めてから付き合え、柴《し》田《ば》《た》」

「えっ、私ですか⁉」

「お前がもらったチケットだろ。お前がいかないでどうするんだ」

「そりゃそうですけど、主任と二人で？　映画に⁉」

「なにか文句あんのか」

改めてそう聞かれると言葉に詰まる。

「ないですけどっ……」

「じゃ決まり。今日、車で来たからちょうどいい」

「えっ、主任って車、持ってんですか」

「うん」

「運転するんですか」

「そりゃするよ」

「えー、気持ち悪い」

「なにがだよ」

「だって……」

男女で、二人きりで、夜に車に乗って、映画鑑賞。

世間一般的に、それを「デート」というのではないだろうか。

その夜、喫茶店は予定通りにクローズした。

長く居座る客もおらず、手際よく後片付けを終えてテリーたちは帰っていく。

店を閉めて裏手に回る黒沢を見送ってから数分後、店先で待っていたミチコは、目の前に滑り込んできた乗用車を見て、複雑な顔で固まった。

「乗れば?」

汚れ一つない車の運転席から黒沢が言う。

「は……はあ……」

喫茶店で働くようになり、二週間以上経《た》つが、黒沢が車を持っていたなんて知らなかった。今朝は寝坊したため、急いで車を運転してきたのだろう。

車の中はきれいでゴミ一つ落ちていない。おまけに……、

「やめてくださいよ。ちょっといい匂いするじゃないですか」

助手席に座るなり、抗議しだしたミチコに、黒沢が怪訝そうな顔をした。

「車に芳香剤置いちゃまずいのか」

「なんかハンドルとか握ってるし」

「握らなきゃ運転できねぇだろ」

「うぅ……きもちわるい……」

「意味が分からん。行くぞ」

意味不明な言いがかりをつけるミチコに鼻を鳴らし、黒沢は車を発進させた。

走り出しはスムーズで、派手に揺れることもない。

（うー……）

運転席にいる黒沢を妙に意識してしまう。

男性と二人きりで、車の中という密室にいるなんて。

（こんなの、やっぱりデートみたいじゃないですか）

口に出しては言えないが、全身がむずむずする。

こうしてミチコの「初デート」は混乱のままはじまった――。

たどり着いた繁華街の映画館は混んでいた。

夜の七時頃ということもあり、恋人や友人同士で映画を観に来ているのだろう。

一階は広々としていて、数台のチケットブースと売店があった。壁には上映中の映画のポスターが貼られていて、その周りに人が集まっている。

「なにか観たいもんあるか」

黒沢が尋ねる。

「なんでもいいですよ。主任の観たいものに付き合います」

「フーン」

館内に入ったあとも、ミチコは落ち着かなかった。

足もとがふわふわとして、じっとしていられない。

「私、なにか飲み物買ってきますよ。なにがいいですか?」

とにかく普段通りにふるまおうとして売店に向かうと、黒沢に途中で止められる。

「いいよ。あとで俺が買ってきてやるから」

「まじすか」

「女子はそんなことしないで、黙って待ってりゃいいんだよ」

「えっ、いつも私が買いに行ってましたけど」

なんということだろう。

驚くミチコの表情から察したのだろう。

見る見るうちに黒沢の表情が「呆れ」から「憐憫《れんびん》」に変わる。

「お前、ほんとにろくな男とつきあってねぇな」

「はい、知ってます」

「そこで待ってろ」

「……はい」

黒沢はミチコから映画の無料券を受け取ると、一人でチケットブースのほうに歩いていった。

（なんじゃそりゃ。イケメン彼氏か）

二十九年間生きてきて、こんなふうに丁寧《ていねい》な扱いを受けたことなんてない。

世の女性にとっては、これが普通なのだろうか。

（やめてくださいよ……）

モテない女は大事にされ慣れていないのだ。

こんなふうにやさしくされるだけで、心臓が騒がしくなるから困る。

「お待たせ」

少しして、黒沢が戻ってきた。

殊勝《しゅしょう》な気持ちで「ありがとうございます」とチケットを受け取り……、

「ホラーじゃないですか！」

タイトルを見た瞬間、ミチコは悲鳴をあげた。

――怨霊《おんりょう》の館《やかた》・エピソード1。

なぜ、数多く上映されている映画の中から、あえてホラーを選ぶのだろう。

黒沢をちょっと見直しかけていた気持ちが吹き飛んだ。

「ホラー苦手だって言ったじゃないですか！」

「聞いてねぇよ」

「言い忘れてました！　ヤダー！」

今からでも、他のタイトルに変えてほしい。

必死で訴えるミチコを見て、黒沢は心底愉快そうに、自分の時計を指さした。

「残念。もう遅い」

「～～～……ッ」

時間的に、今すぐに観られる映画がこれしかなかったのだろう。

確かに上映時間はすぐそこまで迫っている。

今日は黒沢の気分転換に付き合っているのだし、ここで帰っては、せっかく藤本がくれたチケットを無駄にしてしまう。

それでもなんとかしたくて……だが、妙案はなにも思いつかなくて、ミチコは声にならない悲鳴をあげた。

＊　＊　＊

真っ暗な館内は、恐怖で満たされていた。

静まり返る中、巨大なスクリーンから恐ろしい水音が響く。

――コポ……。

古びた洋館の浴室で、泥のように濁《にご》った残り湯に波紋がたつ。

ゆっくりとなにかが水中を進み……汚れた浴槽の縁に、女の手がかかる。

そして、どろどろに腐った死体のような怨霊が、笑いながら顔を出し……、

『ギャアアアアアアアア‼』

被害者の断末魔《だんまつま》の叫びが、呪われた浴室に響き渡った――。


「柴田。……柴田、終わったぞ」

いったいどれだけ時間が経っただろう。

ゆっくりと館内が明るくなっていく。

張りつめた緊張の糸がほどけるように、周囲から安堵《あんど》のため息が聞こえた。さざ波のようにざわめきが広がる中、放心状態だったミチコはようやく息を吐いた。

「主任……恨みます」

「もとから恨んでるだろ」

「そうでした……」

顔を覆《おお》い、弱々しく呟《つぶや》く。

……怖かった。尋常《じんじょう》ではないくらい怖かった。

今もまだ、全身に鳥肌が立っている。

「も～、今日絶対寝られないですよ～」

「大げさな。大して怖くもなかったぞ」

「うっそだーっ」

ミチコはよろめきながら映画館を出た。

怖いなら上映中ずっと目をつぶっていればよかったのに、聞こえてくる音が気になって、つい顔を上げてしまったのだ。そして結局最後まで見届けてしまった。

今になって後悔するが、もう遅い。

それもこれも、黒沢がホラー映画なんて選ぶから……。

「おい柴田、お前の好きな肉だ」

脳内で恨み言を繰り返していた時、不意に黒沢がミチコを呼んだ。

彼の指さす方を見て、思わず目を丸くする。

映画館の隣にあるゲームセンターの入り口付近に、クレーンゲームの筐体《きょうたい》が置いてあった。中には「ステーキクッション」と書かれた、巨大なクッションが山積みになっている。

「わー、なんですかこれ、ステーキだ！　スッテキー‼」

ホラー映画のショックも忘れ、ミチコはクレーンゲームに駆け寄った。

どこから見ても、肉。

抱いて寝たら、毎晩ステーキの夢が見られそうなほど、完璧《かんぺき》な肉。

目を輝かせ、クッションに見入る。……と、その時だった。

「え？」

ミチコの隣で、おもむろに黒沢が投入口に百円玉を数枚入れた。彼に操作されたアームはまっすぐクッションに近づき、側面を挟むとずるずると引きずっていき……、

「ええ⁉」

筐体の下部に開いていた大きな穴から、ステーキクッションが落ちてきた。べろんとしたソレを取り出し、黒沢がミチコに差し出してくる。

「ん」

「え、なんですか今の。魔法ですか」

「別に。カンタンだろ」

「いやいやいやいやいや」

反射的に受け取ってから、唖然とする。クレーンゲームというのはもっと、景品を取るのが難しいものではなかっただろうか。

反応の鈍《にぶ》いミチコに、黒沢は少しつまらなそうな顔をした。

「いらないなら誰かにやれよ」

「いりますよ！」

慌ててクッションを抱きしめると、ようやく黒沢が笑った。

「なかなか似合うな。次はテリーに肉の着ぐるみを作ってもらおう」

「まさか私が着るんですか」

「肉でチラシ配り」

「やめてくださいよ！」

「ははっ」

面白そうに、黒沢が笑う。

その笑顔に、なぜか胸が苦しくなった気がした。

（ほんと、やめてください）

ぎゅうっとステーキクッションを抱きしめる。

（誰かにものをもらったこともないんですよ）

いつも自分があげる側。

たとえゲームの景品でも、こんなふうにプレゼントしてもらったのは初めてで。

「せっかくだから、もうちょっとゆっくりしていくか」

車に戻り、道路を走らせながら、黒沢が独り言のように言った。

どこに行くかはわからないが、反論はない。ミチコも黙って彼に従った。

「……なんの嫌がらせですか」

その数十分後、ミチコは力なく呟いた。

連れてこられたのは、夜の入り江を囲むようにして造られた海上公園だった。入り江の向こうには豪華なイルミネーションで飾られた巨大なつり橋があり、その背後には色とりどりに輝く街灯りが広がっている。

目の前の夜景はすごく美しい……が、そんなことは今、どうでもいい。

「カップルしかいないじゃないすか」

「気にしなきゃいい」

「気にしますよ」

「どうせ誰かに連れてきてもらう予定もないだろ。堪能《たんのう》しとけ」

無礼な台詞《せりふ》になにか言い返してやろうと思ったが、なにも思いつかない。

結局、ミチコは大人しく息を吐いた。

「まぁ、主任の息抜きになるんならいいですけど」

「ああ、なってる」

「そうですか。ならよかったです」

「お前は?」

逆に尋ねられ、ミチコは目を瞬いた。

「柴田だって疲れてるだろ。たまには息抜かないと。……いつも、さっき見た映画の怨霊みたいな顔してるもんな」

「あんな顔してないですよ。つか思い出させないでください」

「風呂から浮かび上がってきたやつな」

「ちょっと！」

ミチコは黒沢をキッと睨《にら》み、そっぽを向いた。

「私はいいんですよ。肉があれば、幸せになれるんで」

「ははっ、あっそ」

黒沢が愉快そうに笑う。

ミチコは夜景を眺めるふりをして、そんな彼の横顔を見つめた。

店にいる時より、ほんの少しだけくつろいだ顔をしている。今日、映画を観に来たことが正解だったらいいのだけれど。

「……主任」

「ん？」

無意識に呼びかけ、返事をされたところで我に返る。

「……やっぱいいです」

「なんだよ、気になるな」

「なんでもないっす」

——ほんとに好きな人いるんですか？　彼女がいても忘れられないくらいの。

うっかりそう聞こうとしてしまった。

聞いてどうする、と自分に突っ込む。ミチコには関係ないことだ。

「帰るか」

「あ、はい」

穏やかな目で海を見ていた黒沢がきびすを返す。

ミチコもあとを追いながら、ふと肌寒さを覚えた。海から吹きつけてくる夜風はひんやりとしていて、半袖シャツから出た腕に鳥肌が立つ。

「昼間はあったかかったのに、夜はまだ冷えますすね」

腕をさすりながら雑談のように呟いた時だった。

「……っ」

ばさりと音がすると同時に、肩にぬくもりが生まれた。

黒沢が、自分の着ていた上着をミチコにかけてくれたのだ。包みこむような温かい体温が伝わってきて、ミチコは一瞬息が詰まった。

「な……やめてくださいよ、もう～！」

「なにが」

「あったかいじゃないですかぁ～」

「じゃあいいだろ」

「いいんですけどぉ～」

……本当に、勘弁してほしい。

黒沢はなにもわかっていない。

モテない女は単純なのだ。

ちょっとやさしくされると、すぐに……。

（はぁ……）

頬が熱い。黒沢が貸してくれた上着も暖かい。

ついさっきまで肌寒かったのに、そんなものはあっという間に吹き飛んでしまった。

辺りが暗くてよかった、とミチコは思った。

この頬の赤さを見られなくて済む。

「……今日はありがとうございました」

店に帰り、ミチコは黒沢に頭をさげた。

「ちゃんと戸締まりしろよ。じゃあな」

「ハイ、じゃあ……」

「あっ、肉忘れてる」

車の後部座席に置いていたステーキクッションを取り出し、黒沢はミチコに押しつけた。

反射的に抱きかかえ、クッションの陰から顔を出す。

「ありがとうございます」

ほぼ全身が隠れるほど大きな肉を抱えるミチコが面白かったのか、黒沢がふっと目を細めて笑った。

「おやすみ」

「……おやすみなさい」

遠ざかる黒沢の車を見送り、ミチコはステーキクッションを抱きしめた。

(お肉、もらっちゃった)

なんだろう、この……肉を食べた時のような、ちょっと幸せな気持ちは。

肉を抱いているからだろうか。

そうに違いない。
そう自分自身に言い聞かせる。
ふわふわとした気持ちは当分、収まりそうになかった。

——その夜、ミチコは黒沢の夢を見た。
怨霊にとらわれたミチコを、黒沢がヒーローみたいに助けてくれる。
そして二人は見つめあい、ゆっくりと顔を近づけて——、
「柴田アアアア！　いつまで寝てんだ、起きろ！」
気づくと翌朝になっていた。
今日も相変わらず、黒沢に怒鳴られて起こされる。
昨夜、一緒に映画を観に行ったとは思えないほど、いつも通りだ。
それでも起きた瞬間、顔が火照《ほて》った。
目の前にいる黒沢と、夢に見た黒沢を一瞬混同する。
「……ハイ、おはようございます」
顔を真っ赤にしたまま、ミチコは一緒に寝ていたステーキクッションを抱きしめた。
心臓がうるさい。

黒沢の顔がまともに見られない。

だが、止めようのない気持ちがあふれそうになったところで、ミチコはぐっと唇をかみしめた。

夢の中では、ミチコをしっかりと見て、顔を近づけてきた黒沢だが、現実は違う。

数日前、彼は「誰か」の名を呼び、ミチコにキスをしたのだ。

誰の名前を呼んだのかははぐらかされてしまったが、ミチコの名前じゃなかったのは間違いない。

……彼はあのやさしいキスを、誰にするつもりだったのだろう。


【７】


翌日から、ミチコは完全に調子を崩していた。

体が熱っぽく、注意力も散漫で、落ちこんでいるような途方に暮れているような、よくわからない気持ちになる。

「なんだ柴田《しばた》、もう出かけんのか」

ともに映画を観に行ってから数日後の朝、ミチコがのそのそと一階の喫茶店に降りてい

ている。

無地のTシャツに、地味なスラックス。無造作な黒髪で、いつもと同じ黒縁《くろぶち》眼鏡をかけ
なのになぜ、こんなにも眩《まぶ》しく見えるのだろう。

「……はい、行ってきます……」

黒沢と目があっただけで、心臓が震えるように痛んだ。

理由もないのに泣きそうだ。

懸命に眉間《みけん》にしわを寄せて堪《こら》えていると、黒沢が怪訝《けげん》そうに近づいてきた。

「なんだよ、そのしけた面《つら》は。気合入れろ。これから面接だろ？」

「はい……三件回ってきます」

「女は愛嬌《あいきょう》だろうが。んな顔してると、また落とされるぞ。ちょっと笑ってみろ」

「いや～、笑えないっすわ～」

こんな状況、笑うこともできやしない。

（思春期の中学生じゃあるまいし……）

数日前にちょっと一緒に出掛けたくらいでこのありさまとは。

酔っ払ってキスされたことをあわせても、自分の単純さに呆れてしまう。

を通過できている。

（やっと就活がうまく行きかけてるのに）

そう、黒沢のもとでバイトをしつつ、ミチコはずっと就職活動も続けていた。

彼に履歴書の書き方を指導してもらえたおかげで、最近は驚くほどスムーズに書類選考を通過できている。

（あとは面接さえなんとかなれば）

そこが難しいのは確かだが、書類選考にすら落とされ続けていた時から考えれば、大きな進歩といえるだろう。

今日も奇跡的に、三社の面接予定が入っている。

全てが近場で、運よく午前中に予定を固められたため、喫茶店のほうは午前休をもらうことにしていた。

「面接ってどこ受けるんだ」

黒沢が尋ねる。

「えーと……化粧品販売の事務とー、……あとなんだっけ。全部事務です」

「テキトーだな」

「仕事選べる身分じゃないんで、受かればどこだって行きますよ」

「まぁ、お前、根性だけはあるからな。どこでだってやってけるだろ」

さらりとそう言ってくれる黒沢に、ミチコは体温がまたあがった気がした。

面接に対する苦手意識が大きい今、これまでの仕事ぶりを見ていてくれた人に保証されるとホッとする。

(でも……)

ときめきかけた気持ちに蓋《ふた》をする。

「まあ、どこかの悪魔に鍛《きた》えられましたんでね」

いつもの無礼千万な自分を装い、憎たらしい顔で言うと、黒沢にじろりと睨まれる。

「誰だよ」

「おまえだよ」

「あぁン?」

「すみませんでした。黒沢主任様です」

「よし」

……これだ。

こういう色気もへったくれもない会話と関係が、自分と黒沢にはぴったりだ。

気持ちを切り替えるように深呼吸し、ミチコはきびすを返した。

「じゃあ午前中、休みもらっちゃってすみません。午後には帰ります」

「ああ、がんばってこいよ」

ふわっと黒沢が微笑《ほほえ》んだ。

「――ッ‼」

不意打ちの笑顔で、立て直しかけた気持ちがまた揺らぐ。

ミチコは思わず顔をしかめた。

「すみません、主任。笑わないでいただけます？」

「なんで」

「きもちわるいんです」

こんなふうに、相手の笑顔一つでペースを乱す自分が。

だが、そこまで黒沢に伝わるわけもない。晩飯抜きだバーカ！　という怒声を背に受けながら、ミチコはよろよろと店を出た。

（なんなんだ、もう……）

相手は前の会社で散々怒鳴られた悪魔、黒沢主任だ。

確かに今は世話になっているが、今さら妙な感情を抱くなんて。

（いやいや、ない。ないよ）

膨《ふく》らみかけた気持ちを強引に押さえつける。

そもそも黒沢には好きな人がいるのだ。

寝ぼけてキスをするほどの「誰か」が。

そんな相手を好きになるなんて、不毛以外の何ものでもない。

今はとにかく就職活動を成功させ、喫茶店の二階から引っ越すしかない。物理的に距離を置けば、こんな気の迷いはすぐに忘れられるだろう。

「面接、頑張ろう」

そう自分に言い聞かせ、拳を握りしめる。

その数十分後、ミチコは化粧品販売会社の一室にいた。

「二十九歳」

会議室のテーブルを挟み、ミチコの履歴書を見た面接官の男性が言った。

……既視感《きしかん》を覚えるやり取りなのは気のせいだろうか。

しかも表面だけはにこやかに接してもらえた前回と違い、今回の面接官は声にも眼差しにも張りがない。販売部の部長だと名乗られたが、ものすごくやる気がなさそうだ。

「職歴は……以前の会社だけなんですねぇ」

「う、あ、ハイ。あの、長く勤めてましたので、その……あ、根性には自信があります！」

「根性」

「あ、ハイ」

「……根性」

「…………ハイ」

会議室に沈黙が落ちる。

目の前で、面接官がさらにミチコに興味をなくしたように見えた。


「あ、ありがとうございました……」

それから約十分後、ミチコは肩を落としながら化粧品販売会社をあとにした。

このあと、まだ二社の面接が控えているが、すでに疲労感でいっぱいだった。

(根性ってなんだよ。部活に入るんじゃないんだから……)

面接中の発言を後悔しながら、ミチコはとぼとぼと歩いた。

(……新しい履歴書、買っとくか)

多分もう、今回の会社は不採用だろう。

このあとの二社も受かるとは思えない。

打ちのめされた気分で、ミチコは道中にあったコンビニに入り……思いがけない人を見つけて、目を丸くした。

「いらっしゃいませ」

「テリーさん⁉」

テリーがレジに立っている。

相変わらず顔は怖いが、姿勢がよく、皺《しわ》ひとつない制服が板についていた。

「テリーさん、ここでバイトしてたんですか」

「うっす。今日は昼勤で」

「へー、お疲れ様です」

陳列棚に置かれていた履歴書を手に、テリーのもとへ持っていく。

テリーは慣れた手つきでバーコードを読み取りつつ、ミチコに尋ねた。

「柴田さんは面接すか」

「はい。なんかまたムリっぽいけど……」

「黒沢さんも心配してましたよ」

「え？」

驚くミチコに、テリーは続けた。

「面接で落とされ続けるのって、精神的にハンパなくつらいっスからね」

「そーなんすよ。社会のゴミみたいな気になってくるんですよね……。自分を否定され続けるあのかんじ……」

「わかります。俺もこのツラなんでバイト探すのも大変で、よく落とされました」

「ああ……」

頷いていいのかわからなかったが、うっかり納得してしまう。きちんと話せば、彼がいい人なのはわかるが、初対面ではミチコもすごく怖かった。

「仕事が決まらなくて、しばらく金もなかった時、今の柴田さんと同じように、あの部屋を借りた時期もあったんです」

「えっ、喫茶店の二階を、ですか?」

「はい。俺がへこんでかなり荒れてたんで、心配してくれたんでしょうね、黒沢さん。毎日飯も食わせてもらって、本当に世話になりました」

「……私と一緒ですね」

「ええ、だから柴田さんにもうまく就職先が見つかるといいって黒沢さんが」

テリーは履歴書をレジ袋に入れ、ミチコに渡した。その時、ペットボトルのお茶も一緒に差し出してくれる。

「健闘を祈るっス。お茶は俺のおごりで」

「まじすか。ありがとうございます」

その応援がすごくうれしい。

テリーに挨拶し、ミチコはコンビニを出た。

「ふー」

近場にあった公園のベンチでお茶を飲んで一息つく。

完全に自信喪失《そうしつ》していたが、少し落ち着けたように思う。

（よし、やるか）

顔をあげ、ミチコは気合を入れなおした。

テリーも今のバイト先を見つけるまで、ものすごく頑張っていたのだ。自分もいつまでも黒沢の世話になっていてはいけない。

その思いを胸に、ミチコは残り二社の面接をなんとかこなし、帰途についた。


「おう、お帰り」

ミチコが店に戻ると、黒沢が出迎えてくれた。

ちょうど客が途切れたようで、店内にいるのは黒沢だけだ。

「……ただいま……？」

その一言に、ふわりと体が軽くなったような気がした。帰ってきた時に迎えてもらえるというのは、こんなにもホッとするものだっただろうか。

「どうだった、手ごたえは」

「いや～、むずかしいっスね～」

私服に着替え、ミチコはエプロンをつけて喫茶店に戻った。

客はまだいない。今のうちに夕方の仕込みをはじめる黒沢を手伝い、ミチコもテーブルや椅子を拭《ふ》いていく。

精神的に疲れる面接よりも、喫茶店で働いている方がはるかに楽しい。

「あ、コンビニでテリーさんに会いました」

「あそこ行ったのか。あいつ、あのコンビニで社員にならないかって誘われてるらしいぞ」

「すごいじゃないですか！」

「だろ。ああ見えて、仕事のできるヤツだからな」

確かに、とミチコも納得する。

喫茶店で一緒に働いている時も、テリーの細やかな気配りや手際のいい段取りに、ミチコも助けられてばかりだ。

「すみません。私も早く職見つけて、ここを出ますんで」

散々だった今日の面接を思い出して肩を落とす。

「ここでずっと俺の下僕《げぼく》として働いてくれてもかまわねぇけど？」

「やですよ！」

「冗談だ。早く職が決まるに越したことはないけど、焦ることはねぇよ。ゆっくり探せ」

「……はい」

黒沢のぶっきらぼうな励ましが胸に響いた。焦らなくていいと言われるのが、今は一番安心する。

だが短い返事だけでは、ミチコの気持ちは伝わらなかったらしい。

黒沢はじろりとミチコを見て、

「ショボい返事だなあ」

「だってもう何度落とされたと思ってんですか」

「そうやって最初から落ちるつもりで面接に挑むから落とされるんだろ」

不意に黒沢はなにかを思案し、やがてにやりと笑みを浮かべた。

「よし、職が決まったら肉食わせてやる」

「肉⁉」

「高級黒毛和牛な」

「○×◎△※×◎□◇——ッ⁉」

思いもよらないご褒美《ほうび》に、思わずミチコは身を乗り出した。

「意地でも受かります！」

ぐっと拳を握りしめて宣言すると、黒沢が呆れたように言った。

「お前な……最初からその意気で立ち向かえよ」

「じゃあ最初から肉を提示してくださいよ」

「そんなに肉か」

「そんなに肉です」

黒沢はますます呆れ顔で嘆息した。

「ほんとに単純だな、お前は。そりゃバカな男にも簡単に引っかかるわ」

「なんだとこのやろう」

「なんだよ、このやろう」

「なんでもないです、このやろう」

売り言葉に買い言葉で言い返す。

自分が単純なことくらい、ミチコ自身が一番よくわかっている。……本当に、自分でも嫌になるくらい単純なのだ。

「採用を願って、今日も一緒に寝ようか、肉」

その夜、滞《とどこお》りなくバイトを終えて就寝時間を迎え、ミチコはベッドに横になった。

一人寝がさみしかったベッドには今、べろんとした巨大なステーキクッションが置かれている。

黒沢がクレーンゲームで取ってくれたもの。

男性からの、初めてのプレゼントだ。

「……ッ」

ぎゅうっと巨大なクッションを抱きしめると、なんだか安心した。

抱き枕のように丸いわけでもなく、分厚くて平べったいクッションなんて本来は抱きにくいはずなのに。

こういう扱いにくさは黒沢によく似ている気がした。

分厚くて、温かくて、存在感があるところも。

そんなことを考えながら、ミチコはゆっくりと眠りについた――。

翌朝、ミチコは携帯電話の呼び出し音で目を覚ました。

ちょうど九時になった辺りで、普段ならこんな時間に電話がかかってくることはない。

寝ぼけながら、ミチコは気を抜いて枕元の携帯電話を取りあげる。

「ほぁい、柴田肉子です……」

勝手に改名しつつ、応対し……、

「はい……は……はい‼」

相手から用件を告げられた瞬間、完全に目が覚めた。

「しゅ、主任～！」

電話を終え、ミチコはバタバタと階段を駆け下りた。

今日もすでに出勤している黒沢に、朝の挨拶もそこそこに声をあげる。

「採用！　職が決まりました！　肉焼いてください！」

「まじでか」

「まじです！　やったー、肉ー！」

肉かよ、と苦笑しつつ、黒沢も自分のことのように笑ってくれる。

(なんだなんだ、私にもやっと運が向いてきた⁉)

久しぶりの明るいニュースに、ミチコは飛び上がって喜んだ。

＊　＊　＊

七月に入り、ミチコの初出勤の日がやってきた。

空はからりと晴れ、朝から暑い風が吹いている。

職場は数駅離れたオフィス街にあった。高層ビルに入っているフロアに向かうと、面接官だった販売部の部長がミチコを出迎えてくれる。

「柴田さんには販売部の事務をお願いしたいんですが、よろしいですか？」

彼はこの日もやる気がなさそうだ。面接の時はミチコに興味がないのだと思っていたが、どうやらこれが彼の素らしい。

共に廊下を歩きながら、ミチコは元気良く頷《うなず》いた。

「はい！　任せてください！」

「ありがとうございます。……で、この子が研修期間中、柴田さんの指導を担当する中島《なかじま》さんです」

販売部のオフィスに入り、若い女性を紹介される。

ボブカットでナチュラルメイクを完璧に決めた、可愛らしい女性がミチコにぺこりと頭をさげた。

「よろしくお願いします♡」

「あっ、よろしくお願いします」

明るい挨拶に、慌ててミチコも頭を下げる。

(若いな)

パッと見、女子大生かと思うくらいに若い。確実にミチコよりも年下だろう。オフィス内を見回してみると、働いている女性の多くが中島と同じようにおしゃれで、若い美人ばかりだった。

(さすが化粧品販売……)

若干気後《きおく》れするが、それでも案内されたデスクに座ると、自然に身が引き締まった。三十歳を目前にしているのだから、周りが年下ばかりなのはわかっていたことだ。今はとにかく、事務作業に対する感覚を取り戻すため、目の前の仕事をこなすしかない。

気合を入れ、ミチコは与えられた仕事に手を付けた。

「えっ、もうデータ入力終わっちゃったんですか?」

数時間後、指示されたとおりにデータを入力した書類を持っていくと、中島が目を丸くした。

「すごーい、柴田さんて仕事できる人なんですね！」

「そんなこと初めて言われた……」

「えーっ、私よりずっと速いし丁寧《ていねい》ですよー。助かります！」

「そ、そう？」

親しみやすい笑顔を向けられ、ミチコはホッとした。

前の会社ではあんなに、使えない、仕事が遅い、と怒られていたのに。

（もしかして、あれで鍛《きた》えられたか？）

そうならば、当時厳しかった鬼主任に感謝……しないこともない。

追加で仕事を任されたが、それも問題なくこなせた。

業務内容は前職と似たようなデータ入力が主で、使っているソフトも前の会社と同じだ。

（ここがこれで……ああ、なるほど）

膨大な数の化粧品と、取引先に対する販売数量や卸値《おろしね》を入力し、月ごとの利益を確定させていけばいい。

取引会社ごとの割引率や、同じ会社の営業部から回ってくる特別値引きのデータがあるため注意は必要だが、覚えてしまえば、あとはスムーズに進められた。

「お先失礼します。明日もよろしくお願いします！」

夕方の五時になり、終業のチャイムがフロアに響いた。

「はい、お疲れさまでーす」

ぞろぞろと帰っていく販売部の社員を見て、ミチコも帰り支度をする。

中島を筆頭に、女性社員は皆感じのいい人たちばかりだった。久しぶりに頭を使って疲れていたが、充実感もある。

（いい職場……！）

ここで一から頑張ろう。

ミチコは弾《はず》むような足取りで帰途についた。


「へぇ、よかったな」

帰宅後、今日の成果を報告すると、黒沢が褒めるように微笑んだ。

ミチコもぐっと拳を握る。

「はい！　初めて仕事で褒められましたよ！　年下にですけどね！」

「ふーん、ならご褒美《ほうび》だ」

黒沢はカウンター内からおもむろに、大きな木製のお盆を取り出した。

上にはアツアツの鉄板が乗っていて、三センチはあろうかという分厚いステーキがじゅうう、と音を立てている。

中央の薫《かお》り高いバターと肉の焼ける匂いが、ミチコの胃袋を直撃した。

「くっ、黒毛和牛ですか⁉」

思わず身を乗り出すと、黒沢がうなずく。

「高級だぞ」

「いいんですか⁉」

「約束だからな」

その時、ドアが開き、テリーやパンチパーマたちが入ってきた。

「黒沢さん、酒買ってきました」

「柴田さん、再就職おめでとうございます‼」

喫茶店のバイト後に、皆でわざわざ準備をしてくれたらしい。「柴田さん、就職おめでとう」と書かれたプレートの乗ったデコレーションケーキもある。

ワンホールのケーキなど子供のころの誕生日以来だろうか。

歓声をあげたミチコに、黒沢が笑いながら言った。

「今日はお前の就職祝いだ。好きなだけ食え」

「まあ座ってください」

「とりあえずビールでいいっスか」

高級店のように、パンチパーマがミチコの椅子を引き、角刈りがコップにビールを注《つ》いでくれる。

料理はおいしい。

なにより、皆が自分のために準備をしてくれたことが、なによりもうれしかった。


「あー、おいしかったー！」

夢のような時間がすぎ、時計の針が夜の九時を回ったころ、ようやくミチコの就職パーティーは御開きになった。

帰っていくテリーたちを見送り、店には黒沢とミチコだけが残される。まだ幸せな気分に浸ったまま、ミチコは黒沢に頭をさげた。

「今日はご馳走様でした。黒毛和牛やばかったっす」

「あそ」

返事はつれないが、黒沢も笑顔だ。

「そうだ。うちのバイトはもう辞めていいからな」

「えっ、土日は出させてくださいよ」

「じゃあ、いつ休むんだよ、お前」

「別に休みなんていりませんよ。主任と同じでヒマだし」

誰がヒマだ、とむっとする黒沢に、ミチコは恐る恐る言った。

「……辞めて、ここから出てけって言うんなら、すぐ出ますけど」

「バーカ、そうじゃねぇよ。ま、とりあえずお前の就職先が決まって安心した。ここを出てくのは落ち着いてからでいい」

焦ることないと言われた気がして、心臓がまた騒ぐ。

鼓動を抑《おさ》え、ミチコは一歩足を踏み出した。

「……あの、ほんとに、ありがとうございました」

「急に改まって、なんだ」

「だって主任がいなかったら私、今頃、就職どころか、どこかでのたれ死んでました。だからあの、なんていうか」

うまく言葉が出てこない。

二十九年も生きてきたのだから、こういう時はしっかりと礼儀正しく感謝の気持ちを述べるべきだろうに。

「せ、拙者《せつしや》、このご恩はけして忘れませぬ！」

……混乱した結果、失敗した。

「誰だよ、それ」

「わかんないですけど、それくらい感謝してます」

こんな時だというのに決まらない自分に呆れてしまう。

それでも黒沢はミチコの言葉ではなく、気持ちのほうをきちんと汲《く》んでくれたようだった。

「いいさ。出世払いでなんか返せ」

犬を褒めるように、くしゃりと頭を撫でられる。

大きな手のひらの温かさに、うっかり涙が出そうになった。

「……出世とか、あと百年かかりますよ」

「できるだけ長生きする」

黒沢はひらひらと手を振り、店を出ていこうとする。

そして去り際、笑顔で振り返った。

「よかったな。仕事、頑張れよ」

「……はい、おやすみなさい」

「おやすみ」

店を出ていく黒沢の背中を見つめ、ミチコは胸もとを押さえた。

自分はちゃんと笑えていただろうか。変に思われなかっただろうか。

（ほんとは）

黒沢歩《あゆむ》という悪魔がやさしいことなど、もうわかっている。

だが、皆に平等にやさしいことも知っているのだ。

晶《あきら》のこともテリーのことも、他の仲間たちのことも、黒沢は全員、等しく大切に思っていて、誰かが困っていたら、それが誰だろうと手を差し伸べてくれるのだ。

ミチコにかまってくれるのも、偶然目の前で困っていたからで、特別扱いしてくれているわけではない。

それがわかっていて、いちいち振り回されるなんてバカみたい。

（私だって、次こそは報《むく》われる恋がしたいよ）

自分が好きになった人には、自分のことを好きになってほしい。

だから、黒沢のほうに向きかけている、この思いには蓋《ふた》をする。

一人、残された店内で、ミチコは自分自身に何度もそう言い聞かせた。

＊　＊　＊

翌日も、ミチコは黙々と業務に励んでいた。

なんとかして集中し、黒沢のことは考えないようにする。

その甲斐《かい》あって、昨日よりも仕事の進みが速かった。

「中島さーん、こっちできましたー」

終業間近、頼まれていたデータ入力を終えて、中島の席に持っていく。だが、聞こえなかったのか、中島はうなだれていて顔もあげない。

「中島さん……えっ」

不思議に思って顔をのぞきこみ、ミチコはぎょっとした。

中島が自分のデスクで、ハラハラと涙をこぼしている。

「え、ど、どうしたの⁉　なにかあった⁉」

まさか大きなミスをして、上司に怒られたのだろうか。

うろたえるミチコに、中島はさらに大粒の涙をこぼしながら訴えた。

「きょ、今日、彼氏とデートの約束あるのに、今、仕事いっぱい頼まれちゃって……ッ、今日中に全部やれって……でもそんなことしたら、待ち合わせまでに終わんない……」

「そ、そうなんだ……」

　そんなことで泣くなんて、と若干思わなくもないが、中島はミチコよりも年下だ。公私の区別もつきにくいのだろう。

　それに年下のかわいい子が泣いているのを見ると胸が痛んだ。

「……私、代わりにやろうか？」

　ミチコがそう言った瞬間、中島が泣きやんだ。

「いいんですか!?」

「いいよ、今日は特に用事もないし」

「じゃあこれ、すみませんがお願いします。柴田さん、いい人ですね！」

　満面の笑みで売上報告書のバインダーファイルを渡され、ミチコもつられて微笑んだ。

「そんなことないよー。ゆっくりデートしてきて」

「はい、お先に失礼しまーす」

　その直後、終業のチャイムが鳴る。

　嬉しそうに帰っていく中島を見送り、一瞬感慨深い気持ちに陥《おちい》った。

（いいなあ、デート）

黒沢と疑似《ぎじ》デートをした今、中島の気持ちも少しわかる。

気遣ってもらえて、たくさんもてなしてもらった。寒いという前に上着を貸してもらえたし、プレゼントしてもらったステーキクッションは今でも、大のお気に入り。

穏やかに夜景を眺める黒沢の横顔が、今もまぶたの裏から離れない……。

(働こう)

ぶわっと脳内に浮かびかけた記憶に蓋をするように、ミチコは自分の頬《ほお》をはたいた。

この想いは封印すると決めたのだ。

バリバリと働いて、あの疑似デート自体を忘れなければ。

(わ、意外とすごい量だな)

売上報告書のバインダーを開き、ミチコは一瞬たじろいだ。

中には未処理の売上書類がどっさりと挟まっている。おそらく先月のものだろう。

その全てをデータ化して、規定にのっとった売上報告書として作成しなおさなければならないのだろうか。

(え、これを今日中に？　……つか、そもそもこのデータ、おかしくない？　お？あ？)

桁《けた》が違ったり、不審な端数《はすう》が出ていたり、と入社二日目のミチコですら気付く間違いが書類のあちこちに見受けられる。

「すみません、これ……」

誰かに質問しようと思って顔をあげ、ミチコは唖然とした。

終業時間の十七時を五分過ぎただけだというのに、もう販売部の社員は全員帰っている。

「あ、はい。……ええ、ですよね。ここの数字、間違ってますよね」

仕方なく、ミチコは一人で、あちこちに電話をかけた。

営業部から回ってきた書類に関しては、営業部に。

取引先の担当者名がわかれば、その人に。

どこもかしこもミチコのいる販売部とは違い、十七時を過ぎても残業している人が多くて助かった。

「ハイ、大丈夫です。今から全部なおします。はい」

どうやら中島は大変な案件を残していったようだ。

「あれ、柴田さん、まだ帰らないの？」

自分の現状を噛みしめていると、販売部の部長が帰ってきた。会議か外回りの仕事があったようだが、ミチコ以外誰もいないオフィスに驚く様子はない。

「あ、はい、部長。ちょっと仕事を預かったので」

「そう。助かるよ、柴田さんはよく働いてくれて」

「いえ、とんでもないです」

「うちの女の子たち、働かないんだよねぇ。前の人事担当者が女の子は若くてかわいいのがいいって言って、顔と歳《とし》だけで採用しちゃってねぇ」

「はぁ……」

「営業の男たちの士気は上がっていいんだけど、働かないし、定時に帰るし、怒るとすぐやめるしで困ってたんだよ。あの中島さんでも一番よく働いてくれる方でね」

「へぇ……」

なんということだろう。彼女は仕事をしない部類なのかと思っていたのに。

「やっぱりある程度経験を積んだ人も必要だよね。これからもよろしく頼むね」

「はい、こちらこそ」

部長は窓際にある自分のデスクに自分の資料を置くと、きびすを返した。彼も彼で、残って仕事をする気はないらしい。

「じゃ、お先に。……あ、それと、うち、残業手当つかないから」

「え……」

ごめんね、と心のこもっていない謝罪をし、部長は帰っていった。

「……え？」
がらんとした社内に、ミチコ一人が残される。
（ああ……そりゃみんな、帰るわ）
ものすごく納得してしまった。
さらりと労働基準法違反を告白されたが、今まで誰も文句を言わなかったのだろうか。
文句を言っても無駄だから、皆、定時で帰ることにしたのかもしれない。
「……あ、何度もすみません。先ほどのデータなんですが……はい、あ、これも違う？
……はい」
仕方なくミチコはその後も必死に業務をこなした。
データを入力し、間違いを見つけては各所に電話をしながら修正していく。
その間も、時間はどんどん過ぎていき……、
（よかった……ギリ終電に乗れた）
精根尽きかける寸前で売上報告書を作成し終え、ミチコはなんとか会社を飛び出すと、
終電に滑り込んだ。
シートに座った瞬間、残りかすのような気力も流れ出ていく。
（おなかが空いた……。そういえば、夕食も食べてない……）

だがもう、コンビニでご飯を買う元気もない。

(もういい。今日はこのまま寝てしまおう)

ふらつきながら、地元の駅につき、通行人もいない深夜の街を歩く。

「え……」

だが、「喫茶ひまわり」が見えた時、ミチコは目を丸くした。

店内に、まだ灯りがついている。

まさか……いや、まさかいくらなんでも。

もう一歩も歩けないと思っていたのに、思わず早足になる。

店のドアに飛びついて押し開けた瞬間――ふわりといい匂いのする温かい空気がミチコを包んだ。

「おう、お帰り。遅かったな」

ジャガイモの皮をむいていた黒沢が顔をあげた。

会えるはずのない彼の顔を見て、ミチコはとっさに言葉を失った。

「……なんで主任、まだいるんですか」

「ん？　仕込み。おー、けっこういい時間だな。お前は残業か」

「……はい」

　ミチコの様子から、なにがあったのかは察したのだろう。黒沢は作業の手を止め、片付けをはじめた。

「晩飯は食ったのか？」

「……食べてないです」

「なんか食う？」

　さりげなく聞いてくれた瞬間、じわりと心が温かくなった。

「オムライス、食べたいです」

「きもちわるいきもちわるい言う割に、気に入ってんじゃねぇか」

「そういう気分なんですよ」

　元気がほしいのだ。ものすごく、今。

　それが伝わったのか、黒沢がふっと笑った。

「了解」

「――……っ」

　疲れた心に、彼の笑顔が思い切り刺さった。

（……主任、そりゃあだめですよ）

　急に息苦しくなった胸を押さえ、恨み言を一つ。

自分は今、疲れているのだ。
癒《いや》しがほしいのだ。
そんな時にやさしく笑われたら、もう止まれない。
ダメな自分に恋してもらえるとは思えないのに。
黒沢には好きな人がいるかもしれないのに。
それでも……。

——今、単純な自分が、恋に落ちた音がした。
ここから先に進むのか、すぐに終わってしまうのか。
そんなこともわからないまま、ミチコの恋ははじまった——。

了

※この作品はフィクションです。実在の人物・団体・事件などにはいっさい関係ありません。

集英社オレンジ文庫をお買い上げいただき、ありがとうございます。
ご意見・ご感想をお待ちしております。

● あて先
〒101-8050　東京都千代田区一ツ橋2-5-10
集英社オレンジ文庫編集部 気付
木崎菜菜恵先生／中原アヤ先生

小説
ダメな私に恋してください

集英社
オレンジ文庫

2016年1月25日　第1刷発行

著　者　木崎菜菜恵
原　作　中原アヤ
発行者　鈴木晴彦
発行所　株式会社集英社
〒101-8050東京都千代田区一ツ橋2-5-10
電話【編集部】03-3230-6352
【読者係】03-3230-6080
【販売部】03-3230-6393（書店専用）
印刷所　株式会社美松堂／中央精版印刷株式会社

※定価はカバーに表示してあります

ISBN 978-4-08-680062-4 C0193